ALTIJD ROMEO, ALTIJD JULIA

Van Bert Kouwenberg verscheen bij Davidsfonds/Infodok:
De reisgenoten (11+)
Kodo (11+)

BERT KOUWENBERG

Altijd Romeo, altijd Julia

Davidsfonds/Infodok

Kouwenberg, Bert
Altijd Romeo, Altijd Julia

© 2007, Bert Kouwenberg en Davidsfonds Uitgeverij NV
Blijde-Inkomststraat 79-81, 3000 Leuven
www.davidsfonds.be
Vormgeving cover: Bart Luijten
Vormgeving binnenwerk: Peer De Maeyer
D/2007/2952/41
ISBN 978 90 5908 241 0
NUR 283
Trefwoorden: verliefdheid, jeugdbende, Roma-vervolging

STICHTING NEDERLANDSE
KINDERJURY
2008

1ste Bedrijf

Deze dag is zo langdradig
als de nacht voor een feestdag voor een kind
dat ongeduldig uitkijkt naar de nieuwe feestkleren
die het nog niet dragen mag.

Julia

2de Bedrijf

Ik wens je een goede nacht.
Afscheid nemen geeft zo'n verdriet,
dat ik wel goedenacht zou willen zeggen
tot de dageraad aanbreekt.

Julia

3de Bedrijf

Het was de leeuwerik, de heraut van de morgen,
en niet de nachtegaal.
Kijk, mijn lief, hoe het licht
de strenge wolken in het oosten verdrijft.

Romeo

4de Bedrijf

Dit is een waar schrikbeeld!
Zal ik niet stikken in de grafkamer,
waar geen frisse lucht in kan doordringen,
zodat ik moet sterven, vóórdat Romeo komt?

Julia

5de Bedrijf

Hier wil ik kiezen voor de eeuwige rust,
mijn ongelukkig gesternte afschudden
en ook mijn lichaam, het leven moe.
Aanvaard mijn laatste omhelzing, mijn lief!

Romeo

een

twee

drie

vier

1ste bedrijf

Deze dag is zo langdradig
als de nacht voor een feestdag voor een kind
dat ongeduldig uitkijkt naar de nieuwe feestkleren
die het nog niet dragen mag.

Julia

 **een**

waarin een stelletje sukkels zevenduizend kilometer fietst, ik
een pokkenrapport krijg en het stelletje erg schrikt...

Vandaag was het de laatste schooldag. Zomervakantie. Hoera! Vanmorgen kwam Daaf mij, zoals elke dag, ophalen. Onderweg rekenden we uit hoe vaak we samen de weg over de dijk naar school
hebben gefietst. Daaf is een rekenwonder, dus heb ik vooral ge-
knikt.

'Volgend schooljaar gaan we naar groep acht', begon Daaf. 'Ik
ben hier komen wonen in groep vier. Laten we voor het gemak
even zeggen precies halverwege. In een schooljaar zitten veertig
weken van vijf dagen. Dat zijn tweehonderd dagen voor groep vijf,
tweehonderd voor zes en tweehonderd voor zeven. Samen zes-
honderd dagen.'

Ik knikte.

'Daarbij komen nog honderd dagen voor groep vier; in totaal
zevenhonderd dagen', ging Daaf verder. Een auto passeerde ons.
'Zevenhonderd dagen, klopt hè, Lot?'

Ik knikte weer. Daaf keek me aan en grinnikte.

'Zevenhonderd dagen', herhaalde hij. 'Elke dag heen en terug is
veertienhonderd keer vijf kilometer, maakt zevenduizend kilometer.'

'Klopt', zei ik.

'Zevenduizend kilometer', riep Daaf. 'Stel je eens voor waar we
naartoe hadden kunnen gaan, Lotti: Jakarta, New York, Kaapstad,
Beijing! En wat doen wij, stelletje sukkels dat we zijn? Wij gaan
naar de Waterlelie.' De Waterlelie is de naam van onze school,
moet je weten.

We fietsten verder.

'Nee, hè!' riep Daaf. 'Zeg dat het niet waar is.'

'Wat is er?'

'Ik heb een lekke band.'

'En nu?'

'Lopen?'

Ik schudde mijn hoofd. 'Ik had al geen zin om dat pokkenrapport op te halen, maar ik heb helemaal geen zin om ook nog eens dat hele eind naar school te lopen. We laten jouw fiets hier achter en gaan verder op die van mij. Op de terugweg pikken we de jouwe wel weer op.'

Het was handiger geweest als mijn fiets een lekke band had gekregen. Die van Daaf heeft eenentwintig versnellingen. Op mijn fiets zit alleen een bel. Het is de oude meisjesfiets van mijn oma. Daaf heeft uitgerekend dat hij een halve eeuw oud is. Joost, mijn vader, heeft hem wit gespoten. Het is een prima fiets, niks mis mee, maar met Daaf achterop trapte hij erg zwaar.

'Zal ik het overnemen?' vroeg hij een paar maal.

'Nee', schreeuwde ik na de derde keer. 'Het is mijn fiets.'

Dat sloeg nergens op, maar ik was 's morgens al met de pest in opgestaan, vanwege dat rapport. Het is elke keer hetzelfde: *Lotte-doet-goed-haar-best-met-lezen, maar-het-blijft-een-zwak-punt.* Ik heb dyslexie. Vroeger noemden ze het woordblind, zegt mijn moeder. Dat vind ik helemaal een achterlijk woord. Noem het dan woord-scheel.

Daaf vroeg of zei niets meer. Dat maakte me nog kwaaier. 'Zit je lekker op je luie kont?' snauwde ik. 'Zou je ook niet een stukje fiet-sen?'

'Graag', zei Daaf. Die jongen is bijna niet kwaad te krijgen. We wisselden.

Juf Hajar deed haar best. Om ons gerust te stellen zei ze eerst dat iedereen over mocht naar groep acht. Daarna las ze uit elk rapport iets aardigs voor en wij mochten raden over wie het ging. Bij Daaf zei ze: 'Hij weet alles over de sterrenhemel.' Dat snap ik. Daaf wil later astronaut worden. Sterrenkunde is zijn grootste hobby. Zijn vader was piloot bij de luchtmacht en heeft hem veel over de sterren verteld. Door Daaf weet ik er trouwens ook aardig wat van, maar dat zei Hajar niet. 'Ze-doet-goed-haar-best-met-lezen', zei ze. Het was aardig bedoeld, maar de hele klas begreep meteen dat het om mij ging. Alleen Daaf stak zijn vinger niet op.

Ik moest erg aan groep drie denken. Toen bleef ik als enige zitten, omdat ik niet goed genoeg kon lezen. Daardoor ben ik een jaar ouder dan de andere kinderen. Ik ben twaalf. En in november word ik dertien, want ik ben ook nog een late leerling. Een geluk bij alle ongeluk is dat ik niet al te groot ben voor mijn leeftijd.

Ik was blij toen het was afgelopen met dat rapportengedoe en we naar buiten mochten.

We fietsten over de dijk naar huis. Daaf trapte en ik zat achterop met onze rapporten in mijn hand. Als ik mijn rapport nou eens verscheurde, in duizend witte snippertjes? De wind zou ze meenemen en mijn rapport zou er niet meer zijn, of wel?

'Weet je wat Patrick zei?' vroeg Daaf.

Patrick zit bij ons in de klas. Hij is een eikel. In groep zes zat hij in de middagpauze altijd zogenaamd vieze woorden op te zoeken in het woordenboek: penis, vagina, neuken, homo. En na elk woord dat hij vond, riep hij: 'Ja hoor, staat er ook in. Bingo!'

'Patrick zei dat wij een stelletje zijn, omdat we met zijn tweeën op jouw fiets naar school kwamen. Komisch, toch?'

Dat, 'komisch toch', is een Joost-uitdrukking. Daaf neemt wel vaker iets van mijn vader over. Vorig jaar waren we op vakantie in Umbrië, Italië. Daaf, ik en mijn vader en moeder. Joost heeft de vreemde gewoonte om zo nu en dan dichtregels op te zeggen. 'Daar groeien m'n hersenen van,' zegt hij, 'niet in de hoogte, maar in de diepte.' Vaak is het mooi, soms is het grappig. Het kan ook irritant zijn. Die vakantie was het erg irritant. Elke dag een liedje, zoals Joost gedichten noemt. En Daaf wilde ze per se uit zijn hoofd leren.

Wiekelwakke vlindervleugels
Grijs of terracottakleurig
Hemelsblauw of bleek als schelpen
Fladderen om bloemenkelken.

Niet één, maar tien keer achter elkaar. En dan ging Daaf ze ook nog lopen rappen om indruk op Joost te maken. Het ergerde me zo dat ik er hatelijk van werd.

'Studeer jij voor papegaai?' vroeg ik.

'Ja,' knikte Daaf, 'krijg ik al een beetje *wiekelwakke vleugels*?' En daar moesten hij en Joost erg om lachen.

'Wiekelwakke', mopperde ik. 'Dat woord bestaat niet eens.'

Later zei mijn moeder dat ik moest begrijpen dat Daaf zich aan Joost spiegelt omdat hij geen vader meer heeft. Die is een paar jaar geleden, kort voor Daaf met zijn moeder en zijn broertje en zusje hier kwam wonen, met zijn auto op een nacht de rivier in gereden en verdronken. Meike wil altijd alles begrijpen. Ik niet.

'Patrick is een lul', zei ik.

'Staat er ook in', lachte Daaf. 'Bingo!'

We wisselden en reden verder. De zon schitterde op het water van de rivier. Voor het eerst dit jaar rook ik de zomer zoals ik me hem herinnerde. Wat kon mij dat rapport schelen.

Vanuit de verte kwamen drie motorrijders ons tegemoet. Ze reden naast elkaar, verspreid over de breedte van de weg. Ik week uit en kwam in de berm terecht.

'Hé, Lot!' riep Daaf. 'Wat doe je?'

De motorrijders kwamen langzaam en dreigend dichterbij. De motoren, de leren pakken en de glimmende helmen; alles was zwart. Ik voelde Daafs hand op mijn rug.

Ze reden voorbij zonder naar ons te kijken.

Daaf haalde zijn hand weg. 'Zal ik rijden?'

Ik knikte.

We wisselden en reden verder. Een paar maal keek ik achterom, maar ze kwamen niet achter ons aan.

'Hier stond hij toch?' riep Daaf opeens.

'Wat?'

'Mijn fiets.'

'Ik geloof het wel', zei ik aarzelend.

'Ik weet het zeker', riep Daaf. 'Hier stond hij. Iemand heeft mijn fiets gepikt.'

'Misschien is hij van de dijk gegleden.'

'Zomaar, vanzelf?'

We legden mijn fiets in het gras en liepen naar beneden, de dijk af. Daafs fiets lag in het water. We konden er net niet bij. De zwarte motorrijders, dacht ik.

Het verwrongen voorwiel stak half boven het wateroppervlak uit. Een ijskoude rilling gleed over mijn rug. Ik weet dat het stom klinkt, maar het was alsof een afschuwelijk en onzichtbaar monster zich in het water verborg. Ik keek naar Daaf. Hij staarde met samengeknepen lippen naar het wiel. Zijn gezicht was bleek. Voelde hij hetzelfde als ik?

'Kom, David', zei ik. 'We gaan naar huis en vragen aan Joost of hij je fiets met de auto ophaalt. Hij zal hem repareren. Het is niet erger dan een lekke band.'

Daaf zei niets, maar aan zijn gezicht zag ik dat hij wist dat ik loog.

✦ twee ✦

*waarin een fietswiel schittert in het zonlicht, ik zomaar erg
moet huilen en aan de Vuurdraak denk...*

Mijn vader was aan het werk in zijn atelier toen we thuiskwamen. Hij stapte meteen met ons in de auto om de fiets op te halen. Daaf en ik zaten voorin, samen op een stoel, zonder gordel. Joost vindt veiligheidsgordels onzin. Daar kan Meike, mijn moeder, zich erg over opwinden. 'Wat ben je soms toch een uilskuiken, Joost', zegt ze dan. Uilskuiken is het ergste scheldwoord dat mijn moeder gebruikt. Het klinkt grappig als zij het zegt. Meike is namelijk een beetje deftig. Ze is dokter in het ziekenhuis, gynaecologe, maar dat heeft hier niets mee te maken.

Daafs fiets lag nog op dezelfde plek in de rivier. Met een touw hebben we hem uit het water getrokken. Hij paste precies in de achterbak van onze oude bestelauto, die we de Eend noemen, omdat de motorkap een beetje op een snavel lijkt. We brachten Daaf thuis. Zijn fiets hebben we in het atelier gezet. Ik hoop dat Joost tijd heeft om het wiel te maken. Hij heeft het druk met de decors voor de opvoering van Romeo & Julia, waarin Meike Julia speelt. Daarom gaan wij dit jaar niet op vakantie. Ik ga met Daaf en zijn moeder, zijn broertje en zijn zusje mee naar Israël. We maken een rondreis langs allerlei heilige joodse plekken, zoals de Klaagmuur* in Jeruzalem en de Dode Zee. Daaf heeft me verteld dat de mensen briefjes met wensen in de muur mogen stoppen. Ik vind het wel gemeen, dat het alleen voor Joden is. We gaan ook naar familie van Daaf, die in Tel-Aviv woont. Het lijkt me heel leuk, maar ik vind het een beetje eng, zonder Joost en Meike.

---

* Klaagmuur: Enige overgebleven muur van de joodse tempel die op de Tempelberg in Jeruzalem was gebouwd en in 70 na Christus door de Romeinen werd verwoest. Gelovige joden verbergen in de voegen tussen de grote vierkante stenen papiertjes (*kvittelchen*), waarvan de tekst slechts voor de ogen van God is bedoeld.

Toen mijn moeder thuiskwam, vroeg ze meteen naar mijn rapport. Joost had dat niet gedaan; volgens mij expres. Hij snapt hoe ik me voel. Vanbuiten lijk ik veel op mijn moeder, maar vanbinnen ben ik net als Joost. Ik ben best tevreden met mijn buitenkant. Alleen de kleur van mijn haar vind ik niks. Het is een peper- en zoutkleur. Het liefst zou ik zwart haar hebben, of anders rood met krullen zoals Joost.

'Het is een mooi rapport', zei Meike. Het is een verschrikkelijk rapport, dacht ik. 'Voor alle creatieve vakken heb je ZG', zei ze.

ZG, dat betekent dus: dat ik ZEER GOED kan kleien (niet zo gek met een beeldhouwer als vader), ZEER GOED kan zingen, ZEER GOED kan tekenen én ZEER GOED kan dramatiseren. Zo noemen ze bij ons op school toneelspelen.

'Voor lezen heb ik geen ZG', zei ik. 'Ik lees erg TW.' TW betekent bij ons op school TWIJFELACHTIG. Ik wist al wat Meike zou zeggen. 'Dyslexie is nu eenmaal je handicap, Lotte. Die moet je accepteren. Er staat zoveel tegenover.' Je hoort wel dat Meike dokter is. Gelukkig begon ze niet over dat beelddenken. Dat betekent dat mensen met dyslexie niet in woorden, maar in beelden denken. En dat er allerlei genieën zijn, Einstein voorop, die dat ook hadden. Ik wil helemaal geen Einstein zijn. Ik wil gewoon goed kunnen lezen. Joost vindt dat beelddenken ook maar niks. Boekenwijsheid noemt hij het, maar dat zegt hij niet. Joost houdt veel van Meike. En ik ook.

Aan tafel was het 's avonds gezellig. Joost had mijn lievelingseten, spaghetti alle vongole, gemaakt. Dat zijn schelpdiertjes. En na het eten speelden mijn ouders scènes uit *Romeo & Julia*, met mij als woordschele souffleur. We hebben veel gelachen.

Vannacht heb ik in de boomhut geslapen die Joost voor mij in de oude lindeboom achteraan in de tuin heeft gemaakt. Dat doe ik altijd de eerste nacht van een vakantie. De volgende ochtend voel ik me vrij. Het is net zoiets als lopen op blote voeten.

Het eerste wat ik deed was op mijn blote voeten naar het kerkje lopen. Ik zeg kerkje, maar het is het atelier van Joost. Vroeger was het een kerkje. En ons huis was de pastorie. Er hoort een diepe, donkere tuin bij, vol oude bomen, met aan het eind een gemetselde muur. Aan de andere kant ligt het kerkhof. De boom met mijn boomhut staat in de tuin, maar de takken en de bladeren hangen voor een groot deel over de muur. Vanuit mijn boomhut kijk ik uit over het kerkhof. Veel kinderen uit mijn klas vinden dat griezelig. Ze zeggen dat er 's nachts geesten op het kerkhof rondzwerven. Ik heb er jammer genoeg nog nooit een gezien.

Joost was nog niet aan het werk in zijn atelier. Ik denk dat Meike en hij, nadat ik ben gaan slapen, nog een flesje soldaat hebben gemaakt. Toen ik klein was, begreep ik niet wat dat betekende. En ook niet als Joost dan 's morgens zei dat hij een houten kop had.

Ik trok de deur open en ging naar binnen. De kerk is niet groot, maar wel hoog. Achter mij viel de zware deur in het slot. Het decor dat Joost heeft ontworpen voor de voorstelling van Romeo & Julia bestaat uit witte lakens die aan elkaar zijn genaaid. Om de effecten met licht en geluid uit te proberen heeft Joost de doeken met touwen en katrollen opgehangen aan de dakspanten. De hoge zijramen van het kerkje stonden open, waardoor de wind de lappen zachtjes bewoog. Het was alsof ze als reusachtige geesten door de ruimte zweefden. Ik liep tussen de lappen door. Boven me hoorde ik een zacht, piepend gekreun. Ik keek omhoog. Daar hing Daafs fiets wiegend in de wind. Het zonlicht schitterde op het verwrongen wiel en tekende geheimzinnige schaduwen op het witte doek. Het was alsof de lappen een groot geheim verborgen.

Leven, geef vreugd of verdriet,
Nimmer de geurloze stilte,
De bleke gesluierde kilte,
Die de diepe ontroeringen vliedt.

Het was Joost. Ik vloog op hem af, sloeg mijn armen om zijn middel en drukte mijn hoofd in zijn zachte buik. Hij troostte me. 'Wat ben ik toch een uilskuiken. Ik heb je laten schrikken, Lotje. Het was allemaal zo mooi bij elkaar. Jij, de ochtend, het licht, de stilte en de wind. Het was alsof de tijd stilstond. Die woorden kwamen vanzelf.'

'Daafs fiets', snikte ik.

'Ik heb hem gisteravond opgehangen, voor we naar bed gingen', zei Joost. 'Ik weet niet waarom.'

'Je moet hem maken.'

Joost knikte. 'Dat gaat lukken. Deze week heb ik er geen tijd voor, maar als jullie terugkomen uit Israël, staat hij klaar. Afgesproken?'

'Afgesproken.' Ik droogde mijn tranen en voelde me opeens erg kinderachtig. 'Ik huilde zomaar', zei ik.

'Natuurlijk', grinnikte Joost.

Hij is zo lief.

'Ik zal je iets laten zien', zei Joost nadat we allebei van de schrik waren bekomen. 'Het is een van de special effects voor de voorstelling. *La vie en rose*; roze nevel om een sfeer van verliefdheid op het toneel te brengen.' Joost gebruikt wel vaker Franse of Italiaanse uitdrukkingen als hij weer eens overdreven enthousiast is. Ik begreep wat hij bedoelde.

We liepen naar een hoek van het atelier. Daar stond een ouderwetse stofzuiger.

'Mijn rookapparaat', zei Joost trots. 'Je kunt die dingen voor meer dan honderd euro kopen, maar deze heb ik zelf in elkaar gefabriekt. Ik zal even demonstreren hoe hij werkt.' Hij drukte op de startknop. Het apparaat begon te brommen en te trillen. Joost pakte de rubberen slang en richtte hem naar boven. Hij siste en braakte donkere wolken uit.

Ik dacht aan de Vuurdraak. Ik ben doodsbang voor hem, terwijl ik weet dat hij niet bestaat. Soms denk ik dat ik hem ruik. Het is net zoiets als hoogtevrees. De angst zit in je hoofd. Ik probeer er zo weinig mogelijk aan te denken.

'Hoorde je me niet, Lotte?' zei Joost. Hij had het apparaat uitgezet. Een vettige, zwarte damp dreef door de zijramen naar buiten. Het duurde een tijdje voor de lucht was opgeklaard.

'Waar is de brand?' Voor ons stond Meike. Haar haar was in de war en in haar handen had ze de brandblusser die we voor noodgevallen hebben gekocht.

'Niks aan de hand, Meike', lachte Joost. 'Het rookapparaat vertoonde kuren. Ik moet er even naar kijken.'

'Laten we eerst samen ontbijten, op de eerste dag van Lottes vakantie', zei Meike. Ik vond dat ze er stoer uitzag met haar verwarde haren en dat brandblusapparaat dat ze vasthield alsof ze de grootste brand van de wereld zou kunnen blussen.

Na het ontbijt fietste ik naar Daafs huis. Hij kon niet naar mij toe komen, omdat hij tot één uur op zijn broertje en zusje moest passen. Die zijn vier en zes jaar. Daafs moeder was naar de stad om een paar dingen voor onze reis naar Israël te regelen.

Toen ik de straat inreed, schrok ik. Voor de hoge haag van Daafs tuin stond een glimmende, zwarte motor.

⤛ drie ⤜

waarin benen door de lucht vliegen, ik me een uilskuiken voel
en Joost de sterren laat spreken...

Ik zette mijn fiets tegen de haag en ging de tuin in. De achterdeur naar de keuken stond wijd open. Binnen was het een vrolijke boel. Maurits en Inkie, Daafs broertje en zusje, zaten op het aanrecht te joelen. Daaf zelf stond op zijn blote voeten voor de deur naar de gang, met zijn armen voor zich, alsof hij tegen een onzichtbare vijand vocht. Achter hem stond Klaas, een oudere jongen die een paar huizen verderop woont. Hij stond op zijn sokken en moedigde Daaf aan. 'Nog één keer, Daafie, maar dan hoger raken. Ik vang je op als je valt.' Geen van vieren had in de gaten dat ik was binnengekomen.

Daaf concentreerde zich. Hij tilde zijn voet hoog op, strekte zijn been en schopte ermee tegen de deur, net boven de deurkruk. 'Nu jij weer, Klaas', zei hij.

'Klaas-Klaas, Klaas-Klaas', riepen Maurits en Inkie terwijl ze in hun handen klapten. Klaas' been vloog door de lucht en raakte hoog de deur, met een doffe dreun die bleef natrillen.

'Knock-out!' juichte Maurits.

Daaf streek het haar van zijn voorhoofd. 'Hoi, Lottie', lachte hij. 'Klaas leert mij kickboksen.'

'Het is echt taaitaai-boksen', riep Inkie. 'Wij zijn de toeschouwers op de tribune.'

Klaas keek me aan alsof hij zich betrapt voelde en tilde Inkie en Maurits van het aanrecht. Toen ik Daaf in groep vier leerde kennen, zat Klaas in de brugklas. Hij paste vaak op als Ida, Daafs moeder, 's avonds voor haar werk naar een vergadering moest. Ze zit in de gemeenteraad. 'Ida vroeg me of ik de broodrooster wilde repareren', zei Klaas. 'Voor je het weet, krijg je kortsluiting en dan vliegt het hele huis in de fik. Ik was net klaar.' Hij wees naar het apparaat dat op de keukentafel stond en begon zijn hoge, zwarte schoenen aan te trekken. Het lijken de zevenmijlslaarzen van de reus uit Klein Duimpje wel, dacht ik.

'Klaas heeft een nieuwe motor', zei Maurits. 'Hij is mijn beste grootste vriend.'

'Goed gezegd, Maupie', grinnikte Klaas. Hij pakte zijn zwarte helm van de keukenstoel. 'Ik moet er weer vandoor. Blijven oefenen, Daaf. Je hebt talent, man.'

Nadat Ida thuiskwam, gingen Daaf en ik er ook snel vandoor. Ik zei niets over de motor en de helm van Klaas en toch vroeg ik het me af: is Klaas een van de drie zwarte rijders?

Tegen de wind in fietsten we naar mijn huis. De zon scheen en we waren vrij. De Eend stond niet op het pad. Joost en Meike waren boodschappen doen. We reden door naar het kerkje en zetten mijn fiets tegen de muur.

We gingen naar binnen. Daaf had de lappen nog niet zien hangen. 'Gáááf!' Je begrijpt dat 'gáááf' er een van Joost is. We liepen tussen de lappen door. Ik zag dat mijn vader Daafs mountainbike naar beneden had gehaald en in de hoek bij het rookapparaat had gezet. Op een groot houten blok lag het script van de voorstelling. Ik gaf het aan Daaf. 'Zullen we een scène uit Romeo & Julia spelen?'

'Heb jij geen tekst nodig?'

'Sommige scènes heb ik al zo vaak gehoord, dat ik ze kan dromen. In het eerste bedrijf zijn Romeo en zijn vriend Mercutio op weg naar het bal, waar Romeo Julia voor de eerste keer zal ontmoeten. Ik speel Mercutio en jij bent Romeo.' Ik wist precies waar het stond. 'Je moet hier beginnen', wees ik. 'Wij zijn dus vrienden.'

'Oké, daar kom ik', zei Daaf. 'Hou nu toch eens op, Mercutio, jij fabulant, met dat zinloze gepraat.'

'Ik praat in droomtaal,' zei ik, 'zoals iedereen met een losse geest.'

'Wat is een fabulant?' vroeg Daaf.

'Iemand die uit zijn nek kletst.'

'Oké', zei Daaf. 'Ik heb zo'n gevoel dat er ongeluk in de ster-

24

ren te lezen staat...' Hij stopte. 'Waarom spelen we niet echt Romeo & Julia? Ik bedoel: Jij Julia en ik Romeo.'

'Mij best', zei ik en ik sloeg het blad voor Daaf om. 'Dan doen we de scène op het feest als ze elkaar voor het eerst ontmoeten.' Dat was stom van me.

Met zijn vrije hand pakte Daaf mijn hand vast, keek me aan en las: 'Mijn lippen zijn als twee blozende pelgrims, klaar om de ruwheid van mijn handdruk te verzachten met een tedere kus.'

Het bloed steeg naar mijn wangen. De vlammen sloegen naar mijn hoofd. Ik rukte mijn hand los. 'Je doet het fout, uilskuiken!'

'Ik lees gewoon wat er staat.' Verbaasd keek Daaf van het papier naar mij. 'Wat doe ik fout?'

'Alles!' snauwde ik.

Daaf frummelde aan het katapultje dat hij aan een koordje om zijn nek draagt. Hij heeft het gemaakt in groep zes, bij de les handenarbeid.

'Waarom draag je dat katapultje eigenlijk?' vroeg ik een paar dagen later, toen we over de dijk naar huis fietsten.

'Hij is mijn talisman. Hij beschermt me en hij geeft me kracht.'

'Wie zegt dat?'

Daaf antwoordde niet. Hij heeft ook een echte katapult. Die heeft zijn vader voor hem gemaakt. Het is een levensgevaarlijk wapen. Afgelopen schooljaar, op de laatste dag van de herfstvakantie, zaten Daaf en ik in de boomhut walnoten te eten die we die middag in onze tuin hadden geraapt.

'Weet je wat je er ook mee kunt doen?' vroeg Daaf met volle mond.

'Waarmee?'

'Met walnoten.'

Hij haalde zijn katapult uit de achterzak van zijn broek en legde een noot in de holte van het brede elastiek. Met een grimas trok hij het naar achteren. 'Zeg jij maar wat ik moet raken.'

'Die boom daar, de middelste, op die lichte plek.'

Daaf kneep één oog dicht en richtte. De noot snorde weg en

knalde tegen de stam van de middelste boom, recht in het hart van de lichte plek.

'Heeft je vader je dat geleerd?'

'Daaf schudde zijn hoofd en borg de katapult op. 'Ik was pas vijf toen hij hem voor me maakte. "Als je de katapult zelf kunt spannen, leer ik je ermee schieten", zei mijn vader. 'Ik probeerde het elke dag, ook nadat hij al gestorven was, maar het lukte niet. Vorig jaar pas, nadat ik dat katapultje op school maakte, is het gelukt.'

'Oefen je vaak?'

'Ja.'

'Waar schiet je op?'

'Appels en peren', antwoordde Daaf snel. Die jongen kan slecht liegen.

'Appels en peren?'

'Meestal.'

'Nóóit op iets anders?'

'Een keer heb ik een vogeltje geraakt, maar dat was per ongeluk.'

'Hoezo per ongeluk? Mikte je niet?'

'Jawel.'

'Dan was het dus niet per ongeluk.'

'Ik bedoel dat ik dat vogeltje niet wilde doodschieten. Dat was per ongeluk.'

'Je bent een moordenaar!' Ik was zo kwaad dat ik Daaf heb laten zweren dat hij nooit, nooit, nooit meer met die katapult op iets levends zou schieten.

Dat was vorig jaar, in de herfst. Nu keek ik naar Daaf, die ongelukkig aan het katapultje om zijn nek friemelde. Ik wilde zeggen dat hij het niet fout had gedaan. Het lag aan mij. Ik was het uilskuiken. Maar ik zei niets. Ik kon het niet. Ik was te bang.

Door de open ramen van de kerk hoorde ik de pruttelende motor van de Eend.

Joost en Meike hadden boodschappen gedaan in 'De Grote Bazaar'. Dat is het supermarktje in het dorp. 'De hele winkel lag overhoop', vertelden ze. 's Nachts was er ingebroken. Er was alleen een krat bier verdwenen. Voor ze weggingen hadden de inbrekers een aantal rekken omgetrokken. En ze hadden met tomatenketchup een hakenkruis op de muur gespoten.

'Kwajongenswerk', gromde Joost. 'Dommeriken.'

'Zo dom waren ze niet,' zei Meike, 'eerst hadden ze de alarminstallatie uitgeschakeld.'

De middag was leuk. Daaf zei gelukkig niets over dat stomme Romeo- en Juliagedoe. Er leek niets veranderd tussen ons.

'Je eet toch mee, Daaf?' vroeg Meike. 'Om het begin van de vakantie te vieren. Volgende week zijn Lotte en jij in Israël.'

'Mag ik dan even mijn moeder bellen? Anders wordt ze ongerust.'

Opbellen moet je bij ons in de pastorie. Daar hangt een zwarte, bakelieten telefoon. Bakeliet is een soort plastic uit de steentijd. Joost en Meike zijn erg tegen mobiele telefoons. 'Telefoonterreur', noemen ze het. Onzin!

We aten in de tuin. Het werd al donker toen we aan het toetje begonnen. Meike zette theelichtjes op de tafel. Dat vindt ze gezellig. Ik niet. Voor je het weet, vliegt de boel in de fik.

'Is het moeilijk om een goede Romeo te zijn?' vroeg Daaf aan Joost. Ik nam net een hap van mijn ijs met slagroom en bosvruchten.

'Ach', zei Joost. 'Je hebt het of je hebt het niet.'

Ik wist wat er ging gebeuren en kon er niets tegen doen.

'Het gaat erom dat je er de juiste mate van passie in legt', ging Joost verder. 'Gevoel, David, snap je dat? Geloof in jezelf.'

Daaf knikte.

'Neem nou de scène waarin Romeo Julia voor het eerst aanspreekt. Hij noemt zijn lippen twee blozende pelgrims die willen kussen.'

Daaf knikte opnieuw, dat wist hij maar al te goed.

'Julia zegt dat pelgrims hun lippen moeten gebruiken om te bidden. Ze wil weglopen, maar Romeo laat zich niet afschepen. Ik zal je laten zien hoe hij dat aanpakt. Let op.'

Daaf knikte voor de derde maal.

'Sta dan stil, terwijl ik mijn gebed het werk laat doen', zei Joost en hij kuste Meike zacht op haar mond.

Ik voelde me rood worden en nam een grote hap ijs. Daaf lette niet op mij en staarde met open mond naar Joost en Meike. Zo slim als hij anders is, zag hij er op dat moment erg dom uit.

'Mijn lippen hebben dus de zonde overgenomen?' vroeg Meike. De aanstelster.

'Zonde van mijn lippen?' lachte Joost. 'O, zonde, waar ik zo naar verlangd heb. Geef mij mijn zonde terug.' En toen kuste hij Meike voor de tweede keer op haar mond.

'Kunnen jullie ophouden met dat gelebber', riep ik. 'Er zijn kinderen bij, hoor.'

'Ik wist niet dat het zo moest', grinnikte Daaf. 'Heel erg bedankt, Joost.'

'En ik dan?' vroeg Meike, alsof ze diep beledigd was.

'Jullie allebei heel erg bedankt.'

Ik zuchtte diep.

We bleven aan tafel zitten. Het was een prachtige avond. De sterren fonkelden in het verre donker. Daaf gaf rekenles over het heelal. Hij vertelde dat de dichtstbijzijnde ster Proxima Centauri heet en dat die 4,2 lichtjaar van de aarde verwijderd is. 'Weten jullie hoe lang een ruimtevaartuig erover zou doen om haar te bereiken?' vroeg hij.

'Nee', zei ik hatelijk. 'Vertel dat eens aan ons, David.'

'Vijf miljoen jaar.'

'Goh', zei ik. 'Dat je dat allemaal weet. Knap hoor.' Joost en Meike deden alsof ze mij niet hoorden.

'Zou het waar zijn dat, als je een vallende ster ziet, je een wens mag doen?' vroeg Meike.

Zevenmaal om de aarde te gaan,
als het zou moeten op handen en voeten;
zevenmaal, om die éne te groeten
die daar lachend te wachten zou staan.

Het is gek dat ik het zeg, maar het was alsof de sterren spraken, met Joosts stem.

Daaf was de eerste die iets zei. 'Zevenmaal om de aarde te gaan, dat is zevenmaal 40.075 kilometer.'

'En dat op handen en voeten', lachte Joost. We zwegen. Ik wist dat Joost en Meike aan elkaar dachten en dat Daaf aan zijn vader dacht. Waarom bleef het in mij zo stil?

⟶ vier ⟵

*waarin Cecilia komt aankakken, ik me buitengesloten voel en
de klok tweemaal slaat...*

Ik ben verliefd. Op Daaf! Sinds vandaag, twee uur. Niet een beetje,
maar tot over mijn oren. Ik weet me geen raad. Hoe kan ik opeens
zo verliefd zijn op iemand die al vier jaar mijn beste vriend is? En
hoe moet het nu verder met ons? Is onze vriendschap voorbij? Of
kun je verliefd worden én vrienden blijven?
  Gisteravond, toen we aan tafel zaten in de tuin, ging de telefoon.
Het was Ida, Daafs moeder. Ze vroeg of Daaf nog bij ons was. Hij
stond meteen op. 'Ik ga naar huis. Mag ik jouw fiets, Lot?'
  'Ik breng je', zei Joost.
  'Hoeft niet', stribbelde Daaf tegen.
  'Geen denken aan, David. Dat met die motoren en die inbraak
met dat hakenkruis bevalt me voor geen meter. Ik breng je thuis.'

's Nachts slaap ik in mijn hangmat. Die hangt in mijn kamer met
touwen en katrollen aan het plafond. Je kunt hem laten zakken,
erin stappen, en jezelf ophijsen. Toen ik acht werd, kreeg ik hem
van Joost cadeau. In mijn hangmat kan ik beter denken dan in
bed, maar vannacht niet. Toen ik vanmorgen in de tuin kwam, was
Joost al op. Meike lag nog in bed.

Ik zag Cecilia komen
op een zomernacht
twee oren om te horen
twee ogen om te zien
twee handen om te grijpen
en verre vingers tien

'Dat is het stomste en meest kinderachtige gedicht van de wereld', snauwde ik. 'Ik heet trouwens geen Cecilia, en het is klaarlichte dag.'
'Over licht gesproken', zei Joost. Ik ga de lichtinstallatie voor het toneelstuk ophalen. Dan kunnen we hem vanmiddag in het atelier opstellen en als het donker wordt uitproberen. Ga je mee, Lot? Dan nemen we onderweg iets lekkers.'
Ik heb Joost nog nooit chagrijnig gezien. Volgens Meike komt dat omdat de zon in zijn hart schijnt.

Het was toeval, hoewel Joost het een kwestie van planning noemde. Op de terugweg, op de dijk, haalde een auto ons in. Het waren Daaf met zijn moeder en zijn broertje en zusje. Daaf zat voorin en Inkie en Maurits zaten op de achterbank. Nadat ze ons gepasseerd waren, bleef Joost ze op korte afstand volgen. Maurits draaide zich om en trok gekke bekken naar ons door de achterruit. Wij deden hem na, net zolang tot hij in de lach schoot. Na een tijdje ging hij weer op de bank zitten. Ik denk dat Daaf tegen hem zei dat hij zijn veiligheidsgordel om moest doen. Soms is hij te streng voor Maurits, vind ik.
Ik wist dat ze naar Daafs oma waren geweest om haar gedag te zeggen voor de reis naar Israël. Ze was de moeder van Daafs vader. Of blijf je iemands moeder, ook als die dood is?
Daaf vindt zijn oma lief. Ik vind haar erg bezorgd. Als hij weggaat, zegt ze altijd tegen hem: 'Kom terug, lieve jongen.'
'Waarom zegt ze dat?' vroeg ik een keer.
'Het komt door de Tweede Wereldoorlog. Haar vader en moeder zijn toen opgepakt en vermoord.'
'Waarom?'
'Omdat ze Joods waren.'
'Alleen daarom? Ook stom!'
Daaf knikte. 'Mijn oma was pas vier.'
'Waarom hebben ze haar niet vermoord?'
'Omdat haar ouders haar hadden laten onderduiken.'
'Zoals Anne Frank', zei ik, 'in het Achterhuis.'

'Zoiets,' lachte Daaf, 'maar dan een beetje anders. Het was op een boerderij.'

'Ben jij ook joods?' vroeg ik een paar dagen later, want ik had erover nagedacht.

'Ja', antwoordde Daaf. Het was één woordje, maar het klonk trots. Zou Daaf ook vermoord zijn als hij toen had geleefd? Ik moest er niet aan denken. Dat joods zijn zit ingewikkeld in elkaar. Meike heeft het me uitgelegd. Als je moeder joods is, ben je joods. Is alleen je vader joods, dan ben jij het niet. Daaf is joods. Maar als hij trouwt met een niet-joodse vrouw zijn hun kinderen niet-joods. Gek, hoor.

Ida reed voor ons uit naar ons huis. De auto's reden door het groene ijzeren hek de parkeerplaats op. De zon scheen op het witte grind. Joost toeterde om Meike te waarschuwen dat we thuis waren. De steentjes knarsten onder de autobanden. Maurits stapte als eerste uit. 'Waar zijn de tenten?' riep hij.

'Welke tenten?' vroeg ik.

'Straks, Maupie', zei Daaf.

De portieren van de auto's klapten dicht.

Joost gaf Ida een zoen. Meike kwam uit de keuken gelopen, tilde Inkie op en zwierde haar in het rond.

Maurits sprong, zwaaiend met zijn armen, om Joost heen. 'Ik kan kickboksen', riep hij.

'Au, au!' zei Joost. 'Help!'

Daaf lachte.

Ida en Meike zoenden elkaar.

'Koffie?' vroeg Joost.

Maurits trok aan Daafs arm.

'Hallo!' schreeuwde ik. En toen nog een keer: 'Hallo, ik ben er ook!'

Het was doodstil. Iedereen keek mij verbaasd aan. Inkie kwam naar me toe en sloeg haar twee armpjes om mijn middel.

Ik kneep mijn ogen stijf dicht. Nu ook nog een potje gaan janken zou erg stom staan.

'Wat is er?' hoorde ik Daaf vragen.

'Niets', snauwde ik. 'Wat zou er zijn?'

'Koffie', zei Joost, 'én limonade, en appelgebak met slagroom.' Ik kon hem wel slaan, met zijn schijnheilige zon in zijn hart.

Terwijl onze ouders koffiedronken in de tuin lieten Daaf en ik aan Inkie en Maurits het decor van Joost in het atelier zien. Het was alsof we door een geheimzinnig, wit woud liepen.

'Jullie moeten héél stil zijn', fluisterde Daaf. 'Ze mogen niet weten dat wij hier zijn.'

'We gaan ons verstoppen', riep Maurits.

'Sssst,' deed Inkie, 'anders horen ze ons.'

'Kom', fluisterde Daaf. Hij nam zijn broertje en zusje bij de hand. Ik liep achter hen aan. Ze zeggen wel eens dat het ergens zo stil is dat je een speld kan horen vallen. Zo stil was het in het kerkje.

Ik bleef staan en keek naar Daaf, die met zijn broertje en zusje achter de lappen verdween en weer tevoorschijn kwam.

Ik zag Cecilia komen
op een zomernacht
aan haar rechterhand is Hansje
aan haar linkerhand is Grietje
Hansje heeft een rozenkransje
Grietje een vergeet-mij-nietje
de menseneter heeft ze niet gegeten...

Ik draaide me om en ging naar buiten. De klok van het kerkje sloeg één keer. Het zou nog een uur duren voor ik verliefd was.

Daaf zwaaide de auto met zijn moeder en Inkie en Maurits na tot hij de hoek om was. We liepen over de parkeerplaats naar de Eend; Daaf, Joost en ik. Meike was naar haar studeerkamer gegaan om haar Juliatekst verder uit haar hoofd te leren.

'Werk aan de winkel, team', zei Joost. Hij keek op zijn horloge.

'Het is nu drie-en-twintig minuten voor twee. Eens kijken hoe lang we erover doen.'

We sjouwden de lichtspullen het kerkje in: statieven, schijnwerpers, lichtbakken, grote katrollen met snoeren en het mengpaneel. De meeste dingen waren zo zwaar dat Daaf en ik ze samen moesten tillen. Als laatste droegen we een lichtbak naar binnen. Joost liep achter ons met in elke hand een katrol.

'Goed werk. Jullie zijn een superteam. Twintig minuten, op de kop af.'

We zetten de lichtbak bij de andere spullen in de hoek. Als je het zo bij elkaar zag, was het moeilijk te geloven dat de hele installatie in de Eend had gepast.

Daaf wreef over zijn schouder. Een krul van zijn donkere haar plakte tegen zijn voorhoofd. Zweetdruppels glinsterden bij zijn slaap. Op zijn lichtblauwe T-shirt zat een vochtige plek. Daaf plukte er een paar keer aan. 'Ik ben druipnat', lachte hij.

'Als jullie straks de houten blokken een laag grondverf geven, dan ga ik het licht opstellen', zei Joost. 'Maar eerst nemen we een drinkpauze.' Hij schoof een paar klapstoeltjes bij elkaar. 'Dame, heer; neem plaats op deze zetels. Wat mag ik jullie aanbieden: cola, roosvicee, water?'

'Cola graag', zei Daaf.

'Roosvicee', zei ik. 'Cola is vies.'

'Dan rest mij het water', zei Joost met een sombere stem. Hij liep naar de koelkast, trok de deur open en haalde er een grote fles en een blikje uit. 'Hé, vervelend, de roosvicee is op, zie ik. Misschien in de koelkast in de keuken.'

Daaf stond meteen op.

'Ik ben de prinses op de erwt niet', grinnikte ik en ik sprong op. Door het samen sjouwen met de zware lichtspullen was het gevoel er niet bij te horen verdwenen. Ik verheugde me op het samen witten van de blokken.

'Blijven zitten tot ik terug ben!' riep ik.

Ze waren niet blijven zitten. Daaf had zijn T-shirt uitgetrokken en over de leuning van het klapstoeltje gehangen. De rand van zijn boxershort stak boven zijn spijkerbroek uit. Hij ving iets op dat Joost hem toewierp.

'Trek dit oude overhemd maar aan.'

Ik keek naar Daafs blote bovenlijf.

Vorig jaar, op de terugweg van onze vakantie in Umbrië, zijn we een paar dagen in Florence geweest. Dat is de grootste kunststad van Italië. 'Ik ga jullie het allermooiste beeld van de hele wereld laten zien', zei Joost. Hij overdrijft graag. 'De Davíd van Donatello.'

'Dat weet je niet', zei ik. 'Misschien is er ergens op de wereld een mooier beeld.'

Joost schudde zijn hoofd. 'De David van Donatello is het allermooiste beeld van de hele wereld. Dat wist ik toen ik het voor het eerst in het echt zag.'

Het beeld stond in een museum dat vroeger een gevangenis was, compleet met martelkamers. Eén kamertje was zo verschrikkelijk klein dat je je er niet in kon verroeren.

'Alsof je levend wordt opgesloten in een doodkist', vond Daaf.

De David van Donatello stond in een ruime zaal, te midden van een hoop andere beelden. 'Daar staat-ie!' riep Joost opgewonden.

'Het eerste naakt sinds de klassieke oudheid', las Meike voor uit haar reisgids.

We liepen achter Joost aan. Het beeld stelt de Joodse koning David voor, toen die nog geen koning, maar een herdersjongen was. Hij stond daar piemelnaakt, maar het is geen porno omdat het kunst is, snap je?

De tijd van de jeugd, de tijd van de schoonheid.
Heldere stemmen, die openlijk roepen.
Blauwe ogen, of donkere ogen.
De tijd van de jeugd, wie zal haar beschrijven.

'Joost!' siste Meike. Gelukkig schaamde zij zich ook voor zijn aanstellerij.

'Van wie is dat hoofd eigenlijk?' vroeg ik. Want Davids voet stond boven op het afgehakte hoofd van een man met een baard.

'De reus Goliath', zei Daaf. 'David heeft hem verslagen met een steen uit zijn slinger.'

'Slinger?' vroeg ik.

'Een groot soort katapult', zei Joost. 'En daarna heeft hij Goliath onthoofd met diens eigen zwaard.'

'David was een held', zei Daaf. 'Hij streed voor zijn volk.'

'Gadver', zei ik, want ik zag dat bloederige gehak met het zwaard haarscherp voor me. Dat heb je nu eenmaal met beelddenken.

Daaf had het overhemd van Joost aangetrokken. Zijn haar krulde over de kraag. Zijn donkere ogen keken me, van onder zijn lange wimpers, lachend aan. Ik keek naar zijn hals. Daaf trok het overhemd op tot boven zijn navel. 'Moet je kijken, Lotti, het lijkt wel een jurk.'

Ik staarde naar de navel van de allermooiste, -leukste en -liefste jongen van de hele wereld. Dat wist ik, omdat ik Daaf voor het eerst echt zag. Het was alsof mijn hoofd en mijn hart tegelijk op hol sloegen. Ik had het ijskoud en gloeiend heet. Daaf liet het overhemd zakken. De klok sloeg tweemaal. Ik was smoorverliefd.

2de Bedrijf

Ik wens je een goede nacht.
Afscheid nemen geeft zo'n verdriet,
dat ik wel goedenacht zou willen zeggen
tot de dageraad aanbreekt.

Julia

⇾⊛ een ⊛⇽

waarin er witte sneeuw op de rug van een raaf ligt, ik een arm
om mij heen wil voelen en er een ladder tegen de muur van het
kerkje staat...

Daaf en ik verfden de blokken, we stonden naast elkaar. Tussen
ons in stond de emmer met verf. Joost was ergens achter de doe-
ken bezig met het opstellen van de lichtinstallatie. Er viel iets om.
'Verdomme!' hoorden we. Behalve de zon heeft Joost ook de don-
der in zijn hart.
   'Gezellig, hè?' zei Daaf.
   'Je moet niet zo veel praten', zei ik. 'We zijn met kunst bezig.'
   'Oké', zei Daaf.
   'Ver-domme!' Joost weer. Daaf grinnikte.
   We verfden verder. Zo nu en dan gluurde ik even opzij. De zon
scheen op Daafs gezicht. Ik had het bloedheet. Net als Daaf had ik
een oud overhemd van Joost over mijn eigen kleren aangetrokken.
   'Waarom hou jij dat T-shirt eronder aan?' had Joost verbaasd ge-
vraagd. 'Je stikt van de hitte.'
   Ik deed alsof ik hem niet hoorde en knoopte het overhemd tot
bovenaan dicht.
   'Zal ik je mouwen oprollen?' vroeg Joost.
   'Ik ben geen baby!'
   Ik dacht aan de grote zwart-witfoto van Meike die bij ons in de
hal hangt, tegenover de trap. Op die foto is ze zwanger van mij en
ze is naakt. Toen ik klein was, heb ik met een dikke, rode stift mijzelf in haar buik getekend, ook zonder kleren. Dat zou ik nu niet
meer durven; mezelf bloot tekenen.
   Ik doopte mijn kwast in de witte verf, de druppels lekten op de
plankenvloer. Het was allemaal de schuld van dat pokkentoneel-
stuk. Waarom had ik zo goed geluisterd toen Joost en Meike de

dialogen van Romeo & Julia aan tafel repeteerden? Nu zat de tekst muurvast in mijn hoofd. Ik verfde met grote, boze halen.

'Kom nacht, kom Romeo, kom, gij dag in de nacht, want ge zult op de vleugels van de nacht liggen, witter dan verse sneeuw op de rug van een raaf.'

'Verdomme!' hoorde ik naast me. Daaf, de na-aper. Joost kwam tevoorschijn. 'Wat is er?'

Daaf wees naar de emmer met verf. 'Mijn kwast is erin gevallen', lachte hij. 'Hoe krijg ik hem eruit?'

'Geen probleem.' Joost verdween achter de doeken en kwam even later tevoorschijn met een klerenhanger. 'Eens kijken of we deze witte vis aan de haak kunnen slaan.'

Ze bogen zich met z'n tweeën over de emmer.

'Hebbes', zei Joost.

'Kijk uit!' riep Daaf. 'Hij ontsnapt.'

'Wij laten ons toch niet beetnemen door een witkwast', gromde Joost.

Eindelijk hadden ze hem te pakken.

'Muziekje?' vroeg Joost.

'Gáááf!' zei Daaf. Door dat stomme Joostwoord kreeg ik nog meer de pest in.

'Gáááf!' deed ik hem na. Het uilskuiken had het niet eens door. Even later daverde de muziek uit de luidsprekers.

Baby don't you know, I love you so,
can't you feel it, when we touch.
I will never never let you go,
I love you, oh so much.

Het was niet zomaar een liedje. Het heet 'Save the last dance for me' en dat betekent zoiets als 'Bewaar de laatste dans voor mij.' Op die muziek hebben Joost en Meike, op een schoolfeest, voor het eerst met elkaar gedanst. Vorig jaar had Joost via internet wel twintig uitvoeringen van het liedje verzameld en ze op een cd'tje gezet.

Op weg naar Italië hebben we die cd zo vaak gedraaid dat we het liedje alle vier konden meezingen. De meeste versies waren in het Engels, maar er was ook één Nederlandse uitvoering. Volgens Joost en Meike is de vertaling erg tuttig.

Want ik kan niet leven zonder jou,
sla je arm dus om mij heen.
Omdat ik toch alleen van jou maar hou,
ik voel me zo alleen.

Het liedje schetterde door de kerk. Ik smeet mijn kwast neer en liep naar buiten. Tegen de muur van het kerkje bleef ik staan. De muziek stopte. Daaf kwam ook naar buiten. Hij ging voor me staan. 'Er is iets.'
'Het is stom,' zei ik, 'maar ik voel me zo alleen.'
Daaf keek me ernstig aan. In zijn haar zaten spatten verf, witter dan verse sneeuw op de rug van een raaf. Hij sloeg zijn arm om mij heen en drukte mij tegen zich aan. Onze voorhoofden raakten elkaar. Hij rook naar cola.

De muziek bleef uit. Daaf en ik verfden. De blokken waren vierkant of rechthoekig en van verschillende grootte en hoogte. Het was een heel karwei. Zo nu en dan kwam Daaf bij me staan en vroeg of zei iets.
'Gaat het?'
'Het schiet op, hè?'
'Volgende week zijn wij in Israël.'
'Zullen we dit blok samen doen?'
Ik voelde me beter. Eigenlijk was er niets aan de hand, maakte ik mezelf wijs. Ik was verliefd, nou en? Ik was niet de eerste mens op aarde die dat overkwam.
'Waarom lach je?' vroeg Daaf.
'Lachte ik?'
' Ja', zei Daaf. 'Ik vind je leuk als je lacht.'
'Alleen als ik lach?'

'Anders ook.'
'Ook als ik je nadoe?'
'Ook.'
'Ook als ik tegen je snauw?'
'Ook.'
'Ook als ik zeur?'
'Ook.'
We lachten allebei.
'Wil het superteam nog iets drinken?' Achter ons stond Joost met een pak roosvisee en een fles cola.
'Cola, graag', zei Daaf.
'Cola', zei ik.

Joost hielp met het verven van de blokken. De lichtinstallatie was opgesteld en aangesloten. 'Vanavond, als het donker is, gaan we hem uitproberen', zei hij. 'Ik ben benieuwd naar het effect.'
Ik keek naar de roerloze witte lappen en dacht aan wat ik had gevoeld toen ik de geheimzinnige schaduwen van Daafs fiets erop zag bewegen.

Vorig jaar november zaten Daaf en ik in de boomhut. Het was half-zes en winterdonker. De lucht was zo koud dat er bij het ademen wolkjes uit je mond kwamen. Daaf oefende zijn spreekbeurt die hij de volgende dag moest houden. Die ging natuurlijk over het heelal en wemelde van de grote getallen. Daaf is dol op cijfers. 'Waar zou je zijn als je dood bent?' vroeg hij opeens.
'Moet je niet aan mij vragen', lachte ik. 'Ik ben nog nooit dood geweest.'
Daaf bleef ernstig. 'Mijn vader hield van de sterren. Het mooiste vond hij het om op een heldere nacht op te stijgen en ze tegemoet te vliegen. Dat gaf hem een geluksgevoel, alsof hij zelf vleugels had.'
We keken naar de sterren.
'Ik vind', zei Daaf, 'dat je, als je dood bent en er nog bent, je iets van je moet laten horen.'

42

'Boehoeoe', deed ik, want ik wilde hem aan het lachen maken. Het lukte niet.

'Ik bedoel dat je iets moet laten merken. Het kan ook een gevoel zijn, of een geur.'

'Maar hoe weet de ander dan dat het van jou komt?' vroeg ik.

Daaf antwoordde niet.

Meike kwam binnen. Ze ging naast Joost staan en sloeg haar arm om zijn middel. 'Ik sterf van de honger,' zei ze, 'maar ik heb geen zin om te koken.'

'Chinees?' stelde Joost voor.

'Lek-ka, lek-ka', riepen Daaf en ik.

'Afgesproken', zei Joost. 'Daaf en ik gaan het halen.'

Ik was met Meike in de woonkeuken. Die is zo groot dat er makkelijk een grote eettafel met zes stoelen in past. Samen spreidden we het witlinnen tafelkleed over het houten blad.

'Mam', begon ik. Meike weet dat het, als ik dat zeg, om iets tussen haar en mij gaat.

'Waren Joost en jij eerst verliefd en werden jullie toen vrienden? Of waren jullie vrienden en werden jullie later verliefd?'

'Wat een lastige vraag', antwoordde Meike. 'Ik weet het niet zo goed, Lotte. We zaten, geloof ik, al een paar weken bij elkaar in de brugklas. Joost stond me op de hoek van de school op te wachten. Maar of we al bevriend waren? We kunnen het hem straks vragen.'

'Als je dat maar laat!' riep ik.

Meike opende de glazen deurtjes van de vitrinekast. Ze pakte de borden en zette ze op de tafel. 'Pak jij de glazen, Lot?'

'Was Joost de eerste jongen op wie je verliefd was?' vroeg ik.

'Niet de eerste, wel de laatste', zei Meike.

'Hoe weet je dat zo zeker? Misschien ontmoet je volgende week wel de leukste man van de wereld.'

'Kan niet', zei Meike. 'Dat is Joost al.'

De wijnglazen stonden op de bovenste plank. Ik moest op mijn tenen staan om ze te pakken. Toen gebeurde het. Ik schrok me halfdood en stootte een glas van de plank. Het spatte uit elkaar op de stenen vloer.

'Hè, wat onhandig, Lot!'

Ik had het glas niet omgestoten omdat ik onhandig was. Ik was geschrokken van een steek in mijn hart. Ik was eerder verliefd geweest! Net zo veel als nu op Daaf. Maar op wie?

'Je ziet lijkbleek, Lotte', zei Meike. 'Zo erg is het niet. Scherven brengen geluk.'

Buiten klonk de toeter van de Eend. Even later stapte Joost opgewonden de keuken binnen, met Daaf achter zich aan. 'Vannacht hebben ze twee ruiten ingegooid bij het Chinese restaurant', riep hij. 'Zúlke klinkers, met rode hakenkruisen erop gekalkt, dwars door de ruiten. Misbaksels!' Hij zette een plastic tas op de tafel. Het rook naar Chinees.

'De buren hoorden een motor wegrijden', zei Daaf.

'Het moet niet gekker worden hier in Rivierenland', zei Joost.

Waarom zei Meike nu niet dat scherven geluk brachten?

Daaf en ik zaten tijdens het eten naast elkaar. Kwam het door het toneelstuk van Romeo & Julia, dat ik dacht dat ik eerder verliefd was geweest? Dyslexie is stom, beelddenken is stommer, maar verliefdheid is het stomst.

Ik moet er iets tegen doen, bedacht ik. Als ik nu eens begon met dat Romeo- en Juliagedoe uit mijn hoofd te krijgen...

'Het decor zal prachtig zijn in het licht', zei Joost.

'Misschien kunnen we een paar scènes spelen', zei Meike.

' Super toch?' zei Daaf.

'Ik ga naar bed', zei ik. 'Ik ben doodmoe van dat geverf.'

'Jammer', zei Daaf.

Ik was naar de boomhut gegaan omdat die verder van het kerkje af ligt dan de pastorie. Dan hoefde ik niets van het toneelstuk te horen. In mijn hut staat het oude bed van Joost. Er staan ook een tafeltje, een stoel en een kast. Je kunt er echt wonen. Soms doe ik dat, als ik een dagje alleen wil zijn.

Ik rolde mijn slaapzak uit en ging erbovenop liggen. In de verte klonk gelach. Ik ging rechtop zitten. Zou ik toch even gaan kijken? Langs een van de zijmuren van het kerkje lag een ladder. Als ik die rechtop zette, kon ik door een van de hoge vensters naar binnen kijken. Ik stond op en liep door de donkere tuin naar het kerkje. Voorzichtig zette ik de ladder tegen de muur.

'Het is mijn Vrouwe, mijn geliefde! Ach, wist ze maar dat ik hier ben!' hoorde ik Daaf zeggen. Ze speelden de balkonscène. Julia staat op haar balkon en Romeo in de tuin. Hij ziet Julia, maar zij ziet Romeo niet. Ik klom naar boven en gluurde naar binnen.

Het paarse licht van de toneelspots verlichtte de doeken. Meike stond op het hoogste blok. Beneden, half in het donker, stond Daaf. Net als ik droeg hij nog steeds Joosts oude overhemd. Hij had het script in zijn hand en keek omhoog naar Meike. Zijn andere hand frummelde aan het katapultje.

'O, Romeo, Romeo! Waarom ben jij Romeo?' zei Meike.

'Stop!' riep Joost. Ik begreep dat hij voor regisseur speelde. 'Dit moet smachtender, Julia. Laat je hart spreken.' Hij legde zijn handen op zijn borst, sloot zijn ogen en sprak: 'Wat betekent een naam eigenlijk? Wat we een roos noemen, zou met iedere naam even zoet geuren. Geef je naam op, Romeo.'

Meike herhaalde de tekst. Het klonk erg smachtend, vond ik. 'Geef je naam op, Romeo.'

Daaf deed een stap naar voren, zodat hij in het licht stond. 'Schenk me je liefde', zei hij, 'wat voor mij zal zijn als een nieuw doopsel: daarna zal ik nooit meer Romeo zijn.'

'Passie!' juichte Joost. 'Goed zo, Daaf.'

Hij leek wel een voetbalhooligan.

'Jammer dat Lottie niet mee wilde doen', zei Daaf met zijn gewone stem. Hij klonk teleurgesteld.

'Stommeling!' siste ik. 'Ik wilde wel, maar ik durfde niet. Hoe zou jij je voelen als je eerder heel erg verliefd bent geweest en niet weet op wie?'

'Nu jij weer, Meike', zei Joost. 'Stel je voor: Romeo heeft zojuist zijn brandende liefde aan jou verklaard. Je bent verrukt en tegelijk durf je niet te geloven dat hij de waarheid spreekt. Die vertwijfeling wil ik zien. O, lieve Romeo...'

'Je moet niet steeds zo door me heen spelen, Joost', zei Meike kribbig.

'Sorry', zei Joost.

Meike stak haar armen naar Daaf uit. 'O, lieve Romeo, als je van me houdt, spreek dan naar waarheid je liefde uit.'

Daaf deed een stap naar Meike 'Vrouwe,' riep hij, 'ik zweer bij gindse maan...' Hij wees naar mij.

Ik dook weg en hoorde mijn moeder antwoorden. 'Zweer niet bij de maan, die nooit constant is...' Ineengedoken bleef ik op de ladder staan.

'Waar moet ik dan op zweren?'

'Je moet helemaal niet zweren', fluisterde ik met Meike mee. 'Wil je dat toch, zweer dan op je gracieuze zelf, dat de god is van mijn idolatrie, en ik zal je geloven.' Ik weet nog hoe idioot en aanstellerig ik die zinnen de eerste keer had gevonden. Nu kreeg ik er kippenvel van.

Het schelle gerinkel van de telefoon klonk door de nacht. 'Mijn moeder', zei Daaf. 'Ze is ongerust. Ik neem even op.' Hij rende naar buiten.

'Ja, hol maar gauw naar je mammie', siste ik. Dat was vals van me. Ik keek weer naar binnen.

Joost liep op Meike af. 'O, gezegende, driewerf gezegende nacht. Ik ben bang dat een nachtelijk fantoom mij parten speelt, dat alles een droom is, te zoet om waar te zijn.' Ze omhelsden en zoenden elkaar, zoals twee verliefde mensen in films dat doen. Ik schaamde me dood voor mijn gegluur.

Joost bracht Daaf naar huis. Ik hoorde de portieren dichtslaan en de motor starten. De rode achterlichten van de Eend gloeiden op in het donker. 'Ik wens je een goede nacht', fluisterde ik.

·❧ twee ❦·

*waarin een ridder komt aanrijden, ik weer aan de Vuurdraak
moet denken en twee toverballen een geheim onthullen...*

Ik ga níet naar Israël. Ik blijf hier. Dat heb ik vannacht in de boomhut besloten. Hoe het verder moet, weet ik niet. Woensdagnacht
vertrekt het vliegtuig. Ik heb een paar dagen de tijd om iets te be-
denken. Komt tijd, komt raad, zegt Joost dan altijd. Een probleem is
dat ik er met niemand over kan praten; met Joost niet, met Meike
niet en helemaal niet met Daaf.
   Ik moet iets verzinnen waardoor Daaf en zijn moeder denken
dat ik opeens niet mee kan. En Joost en Meike moeten geloven
dat ik wel naar Israël ga. Als het lukt, duik ik onder in de boomhut.
Onze tuin is diep en in de zomer zo dichtbegroeid dat Joost en
Meike me niet zullen ontdekken.
   Het is lullig voor Daaf. Ik ben heel erg op hem. Wat haat ik dat
stomme Romeo & Julia-gedoe!

Het is dinsdagmiddag en ik heb nog steeds geen plan. Zal ik toch
meegaan naar Israël en afwachten hoe het gaat? Misschien raak ik
dat gevoel daar wel kwijt.
   Straks komt Daaf me ophalen. We gaan naar de speelgoedwinkel
in het dorp om een verjaardagscadeautje voor Inkie te kopen. Dat
doen we elk jaar. Daaf zegt dat ik beter weet wat een meisje leuk
vindt omdat ik ook een meisje ben.

Het kwam natuurlijk door het beelddenken en doordat ik verliefd
was, maar toen Daaf kwam aanrijden op mijn witte fiets, zag ik
een ridder te paard. Een ridder met een rood shirt met een open
kraag en een katapultje om zijn hals. Alles aan Daaf is mooi, zelfs
zijn voeten.
   Jammer genoeg moest ik meteen ook aan de Vuurdraak denken.

Ik heb hem nog nooit gezien, maar ik weet hoe hij ruikt. Het is een scherpe, zware stank.

De Vuurdraak leeft in het donker. Hij wacht tot je slaapt. Dan sluipt hij naar je toe en likt met het puntje van zijn ruwe tong aan je wang. Dat doet hij om te proeven of je lekker genoeg bent om te verslinden. Toen ik klein was, droomde ik vaak van de Vuurdraak. Dan werd ik gillend wakker. Ik durfde er niet over te praten, want dan zou hij er ook echt zijn. Ik zei dat ik bang was van het donker. Daarom heeft Joost een nachtlampje bij mijn bed gemaakt. Het lichtje beschermt mij tegen de draak. Het mag nooit uit.

We reden langs het snoepwinkeltje van Mus. Ze zat op een keukenstoel op de stoep en zwaaide. Vroeger, toen we klein waren, kwamen we zowat elke dag bij haar. Nu kopen we meestal eens per week een voorraadje.

Mus verkoopt alleen ouderwetse snoep: toverballen, drop, pepermunt, toffees, zuurtjes, nogabrokken, spekjes, zoethout. Alles zit in grote glazen potten, zodat je ziet wat je koopt. En je mag alles per stuk kopen.

Eigenlijk heet Mus mevrouw Bril. De naam Mus komt van Joost. Hij vindt dat ze op Edith Piaf lijkt. Dat was een Franse zangeres. Joost heeft me wel eens een foto van haar laten zien. Ze was klein, met heel dunne armen en benen. En ze droeg altijd een zwarte jurk, net als Mus. In het Frans betekent Piaf mus, vandaar dus.

De speelgoedwinkel in het dorp is klein en vol. De planken met auto's, poppen, spellen en puzzels komen tot aan het plafond. Er is een trap nodig om iets van de bovenste plank te halen.

'We geven het haar pas in Israël', zei Daaf. 'Dat is leuker, vind je niet, als we het haar daar geven?'

'Ja', knikte ik, want huichelen kan ik als het moet.

Daaf zegt wel dat ik beter weet wat leuk is voor een meisje, maar elk jaar kiest hij Inkies cadeau zelf. Ook deze keer. Hij haalde een vierkante, plastic zak uit een bak.

'Een zwemband in de vorm van een groene, plastic draak', zei ik, want dat zag ik op het plaatje.

'Goed idee van je, Lotti', zei Daaf. 'Dat zal Inkie leuk vinden. Nu nog iets voor Maurits.'

'Die is in maart jarig geweest', zei ik snibbig. Ik had de pest in over die draak. En het was nog mijn eigen schuld ook.

'Ik geef hem iets kleins.'

'Je verwent Maurits te veel.'

Daaf keek me aan. 'Volgens jou is het nooit goed. De ene keer ben ik te streng en nu verwen ik hem. Jij hebt makkelijk praten. Jij hebt Joost. Ik moet alles alleen doen.'

'Ik moet alles alleen doen, bedoel je. Jullie zijn met z'n drieën.' Dat was erg gemeen van me.

Daaf draaide zich om en liep met het cadeau naar de kassa.

Ik probeerde het goed te maken. 'Wat wil je voor Maupie kopen?'

Daaf antwoordde niet. Hij was echt boos. Op de toonbank stonden rieten mandjes met potloden en pennen en reuzengummen. Alles voor één euro per stuk. Daaf viste er een gum uit in de vorm van een draak.

'Doet u dit er ook maar bij', zei hij. 'Wilt u het allebei apart inpakken als cadeautje?'

'Die draak is grappig', lachte ik. 'Zie je hoe hij kijkt?' Ik hoorde zelf hoe onecht het klonk.

Daaf rekende af. We gingen naar buiten.

Onderweg naar huis probeerde ik het opnieuw goed te maken. 'Nu zijn jullie alle drie drakenvechters', zei ik.

Daaf zei niets.

'Inkie met haar zwemvest, Maurits met zijn gum en jij met je katapult.'

Daaf zei niets.

Daaf reed niet verder dan de parkeerplaats. We stapten af.

'Ik ga naar huis.'

'Is het alleen om dat ene?'

'Ja', zei Daaf.

'Kinderachtig, hoor.'

'Ja', zei Daaf.

'Ga je lopen?'

'Ja.'

Hij draaide zich om en liep weg.

Ik zette mijn fiets tegen de muur van het kerkje en ging de tuin in. Meike was even naar het ziekenhuis en Joost was nergens te zien. Gelukkig maar, ik had geen zin in gevraag over waar Daaf was. Ik moest de Vuurdraak uit mijn hoofd zetten. Gewoon aan iets anders denken.

Een paar jaar geleden heeft Joost uitgezocht hoelang de linde van de boomhut al in onze tuin staat. Daaf en ik mochten ernaar raden.

'Duizend jaar!' riep ik meteen.

Daaf dacht langer na. 'Honderd?' twijfelde hij.

'Tussen de zestig en de zeventig jaar', zei Joost.

De boom lijkt veel ouder dan hij is. Joost wist er nog meer over te vertellen. Een lindeboom beschermt het huis waar hij bij hoort tegen de bliksem. Vroeger trouwden mensen onder een lindeboom. Meike noemt het daarom de hartjesboom. Ze is nogal romantisch.

Ik klom naar boven, schoof over een dikke tak naar de muur van het kerkhof en kroop op de stenen rand.

Zitten en nadenken, noemt Joost filosoferen. Je kunt het alleen doen of samen met iemand anders. Ik filosofeer het liefst alleen. Ik houd er niet van als er een ander door me heen denkt, zelfs Daaf niet.

Toen Daaf en ik elkaar pas kenden, kochten we twee toverballen bij Mus. We spraken af dat we ze precies tegelijk in onze mond zouden steken en als er een van kleur veranderde, mocht je aan de ander iets vragen. Je moest een eerlijk antwoord geven, anders was je een flapdrol. Na elke ronde wisselden we onze toverballen.

51

'Welke schoenmaat heb jij?' begon ik.

Daaf grinnikte. 'Drieëndertig.'

'Ik ook!' lachte ik.

'Wat is jouw spannendste boek?' vroeg Daaf.

'Ronja...'

'Yep!'

Ik haalde mijn toverbal uit mijn mond, hij plakte aan mijn vingers. We wisselden. 'Hueh', deed ik.

'Vind je het vies?' vroeg Daaf.

Ik schudde van nee en stopte Daafs toverbal in mijn mond. Ik proefde zijn spuug.

De bal was geslonken toen hij voor de tweede keer van kleur veranderde.

'Ben jij bang...' voor draken? wilde ik vragen. Maar dat was ik zelf, dus die vraag slikte ik gauw in. 'Lust jij kikkers?'

'Nee.'

'Ik wel.'

'Lust jij sprinkhanen?'

'Dat is geen eten.'

'Lust je ze?'

'Nee.'

We wisselden en sabbelden verder op de toverballen. De mijne was klein en rood toen ik hem uit mijn mond haalde.

'Wie vind jij het liefst, je vader of je moeder?'

Daaf antwoordde niet.

'De mijne zijn even lief', zei ik om hem te helpen.

'Mijn vader is dood', zei Daaf.

'Mis je hem?'

'Eerst ben ik.' Dat vond ik stoer, dat Daaf dat zei. Hij haalde de toverbal uit zijn mond. 'Iedereen gaat dood, wij ook.'

Ik dacht na. 'Ja,' zei ik, 'dat is waar.'

We wisselen de toverballen voor de derde keer. Zo werden Daaf en ik vrienden.

Ik keek naar het kerkhof. De zon scheen op de grijze grafstenen en de witte grindpaden. Ik was uitgefilosofeerd en had opeens erge trek in snoep. Ik zag de grote glazen pot met gekleurde toverballen in het winkeltje van Mus voor me. Ik giechelde. Soms is er niks mis met beelddenken.

Ik liet me van de muur op de grond zakken. Ik ging toverballen kopen bij Mus! En op de terugweg zou ik bij Daaf langsfietsen om te kijken of hij nog boos op me was.

Ik neuriede toen ik door de tuin naar mijn fiets liep.

⤙ drie ⤚

waarin Mus een zilveren sterretje verbergt, ik voor toverfee en Klein Duimpje speel en Daaf met scherp schiet...

De winkelbel rinkelde toen ik de deur van het snoepwinkeltje opendeed. Mus woont achter de winkel, in een kamer met een tafel en een bed.

'Dag Lotje', zei Mus. Zo noemt ze me nog steeds, hoewel ik ondertussen even groot ben als zij.

Ik wees naar de glazen pot met gekleurde toverballen op de toonbank. 'Honderd stuks.'

'Honderd', lachte Mus. 'Ga je voor toverfee spelen?'

'Het is voor een feestje', loog ik.

Mus had de toverballen afgeteld en in een witte, papieren puntzak gedaan die ze zorgvuldig dichtvouwde. 'Waar is David?' vroeg ze.

Voor ik kon antwoorden, ging de telefoon. Mus pakte het zilveren sterretje beet, dat aan een kettinkje om haar nek hing. 'Ik moet even opnemen.' Ze draaide zich om en verdween in de achterkamer.

'Mus is joods', zei Daaf, nadat we vorig jaar een keer snoep bij haar hadden gekocht.

'Wie zegt dat?'

'Ze draagt een Davidster.'

---

* Davidster: zespuntige ster, die in de tijd van koning David op de tempel van Jeruzalem te zien was. Tijdens de Tweede Wereldoorlog moesten joden een gele Davidster op hun kleding dragen.

'Misschien draagt ze die zomaar.'

'Een Davidster draag je niet zomaar.'

'Waarom draag jij hem niet?' vroeg ik.

'Waarom zou ik?'

'Omdat jij ook joods bent en je heet David.'

'Ik heb een katapult', zei Daaf.

'Dat is iets anders.'

'Ja.'

Mus bleef lang in de achterkamer. Op de toonbank stond haar donkergroene geldkistje. Mus heeft geen kassa, alles in haar winkel is ouderwets. Wat je moet betalen, schrijft ze met een geel stompje potlood op een piepklein bloknootje. Het vorige heeft Daaf van haar gekregen, omdat hij zo gek is op cijfers. Mus vindt mij aardig, maar Daaf vindt ze heel aardig.

Ik keek naar het groene kistje. Ik strekte mijn arm over de toonbank. Het kistje zat niet op slot. In de vakjes lag het kleingeld, met ernaast een stapeltje bankbiljetten van vijftig euro. Het ging vanzelf. Ik pakte het bovenste biljet en sloot het geldkistje. Het ging echt per ongeluk. Snel frommelde ik het briefje in mijn zak.

Mus kwam uit de achterkamer tevoorschijn. Het sterretje was als in een inktzwarte nacht onder haar zwarte jurk verdwenen. Ze glimlachte afwezig. 'Waar waren we gebleven? O ja, honderd toverballen voor de fee.'

Ze pakte het stompje potlood en schreef het bedrag op. 'Honderdmaal vijf cent is vijf euro.'

Ik gaf haar het vijfje dat ik die morgen uit mijn spaarvarken had gehaald. Ik moet haar de vijftig euro teruggeven, dacht ik.

Mus opende het kistje. Ze legde het vijfje erin en pakte een munt van vijftig eurocent. 'Ik geef je tien procent korting, omdat het een grote bestelling is.'

'Nee, nee', weerde ik af. 'Dat wil ik niet.'

'Ik houd van eerlijk zakendoen. Jij hebt er recht op.'

'Ik heb haast.' Ik draaide me om.

'Je vergeet je toverballen!' Ik pakte de witte zak en het muntstuk aan en vluchtte de winkel uit.

Ik keek naar de vijftig eurocent in mijn hand. Mus gaf mij tien procent korting, terwijl ik duizend procent van haar had gestolen. Ik was een dief.
Met de zak toverballen in mijn hand en het gestolen geld van Mus in mijn zak fietste ik weg.
Misschien zat Mus nu haar geld te tellen en ontdekte ze dat er een briefje van vijftig ontbrak. Zou ze de politie bellen? 'Laat haar niet tellen', prevelde ik. 'Laat er iets gebeuren waardoor ze niet meer weet hoeveel geld er in het kistje zat.'

Ik fietste rond, ik weet niet hoe lang.
Het begon te regenen. Eerst een beetje en toen harder. Ik stapte niet af om te schuilen. Ik fietste door de regen met de zak toverballen in mijn hand. Ik kon teruggaan. Ik kon het gestolen geld teruggeven. Ik kon zeggen dat ik het per ongeluk had gepakt. Maar zou ze me geloven? Had ik Daaf geloofd toen hij zei dat hij het vogeltje per ongeluk had doodgeschoten?

Het was gestopt met regenen en de lucht klaarde op. Mijn kleren en de zak toverballen waren doorweekt. Ik kon het uitstellen, maar eens moest ik naar huis. Zou ik eerst langs Mus rijden? Van Daaf wist ik dat misdadigers terugkeren naar de plaats van het misdrijf.
'Ook stom van ze', zei ik.
'Het is psychologisch.'
'Ik vind het stom.'
Zo stom was ik dus.

Op de stoep voor het winkeltje stonden mensen, een hele groep. En dat niet alleen. Er stond ook een politieauto! Ik moest maken dat ik wegkwam. Ik keerde mijn fiets en reed zo rustig mogelijk weg.

56

Toen ik de hoek om was, begon ik te racen. Wat een rotstreek van Mus! Ze had de politie erbij gehaald. Het was haar eigen schuld dat ik het geld had gepikt. Wie stopt er nu een stapel bankbiljetten van vijftig euro in een geldkistje dat niet op slot is? Als ik het niet gepakt had, had een ander het gedaan. En wel meer dan één.

Ik verstopte mijn fiets tussen de struiken achter het kerkje. De doorweekte papieren zak was leeg. Ik had niet voor toverfee, maar voor Klein Duimpje gespeeld en een spoor van toverballen achtergelaten. Handig voor de politie. Wat een uilskuiken was ik. Wat nu? Onderduiken? Eerst naar boven om mijn spullen te pakken. Wat voor spullen wist ik nog niet. Het belangrijkste was dat Joost mij niet zag.

Ik nam de zijdeur, die is nooit op slot. Ik glipte naar binnen en luisterde in het halletje. Het was stil. Toch wachtte ik.

De telefoon ging. De politie?

'Met Joost', hoorde ik. Hij zweeg.

'Ik weet het niet, Ida', zei hij na een tijdje. 'Lot is er nog niet. Ze zal zo wel thuiskomen.' Joost had niet de politie, maar Ida aan de telefoon. Hij was een hele tijd stil. In de verte hoorde ik Ida's opgewonden stem. Ik verstond niet wat ze zei.

'Op vogeltjes, zeg je!' riep Joost verbaasd. 'Dat kan ik me niet voorstellen.'

Wat Ida antwoordde, kon ik niet verstaan, maar wel raden.

'Drie, zeg je!' zei Joost. 'Nee, dat is niet meer per ongeluk. Wat zei Daaf er zelf van?'

Ida's antwoord was kort.

'Er moet een reden voor zijn', zei Joost. 'Als Lot thuiskomt, vraag ik haar wat er is gebeurd en dan bel ik jou. Desnoods komen we naar jullie toe. Ik bel je zo gauw mogelijk. Ciao!'

'Hoe bestaat het', zei Joost. 'Daaf die met zijn katapult vogeltjes uit hun nest knalt.' Mompelend verdween hij in de keuken.

Ik opende snel de tussendeur en sloop de trap op. In mijn kamer ging ik op de rand van mijn bed zitten. Ik had geld gestolen van

Mus en Daaf schoot vogeltjes dood. Kwam dat allemaal doordat ik verliefd op hem was? Ik moest nog even wachten met onderduiken en Daaf helpen. Het was mijn schuld dat hij vogeltjes doodschoot. Ik moest alles tegen Joost zeggen. Hij zou me helpen. We zouden samen naar de politie gaan en daar zou ik een volledige bekentenis afleggen. Zouden ze me meteen opsluiten? Dan moesten we eerst langs Daaf om het goed te maken.

Ik stond op, opende mijn kamerdeur en liep de trap af. Halverwege hoorde ik stemmen vanuit de keuken. Was dat de politie al? Ik had geen sirenes gehoord. Misschien gebruikten ze die met opzet niet als ze je kwamen ophalen met een arrestatieteam. Ik luisterde.

'Die lieve oude Mus', hoorde ik Meike roepen. 'En dat voor zo'n beetje geld. Wat zal er in dat kistje gezeten hebben?'

'Minstens vijfhonderd euro', mompelde ik.

'Tuig is het!' zei Joost. Dacht hij dat Daaf en ik het samen hadden gedaan? Ik moest zeggen dat Daaf er niets mee te maken had. Ik had het alleen gedaan. Ik liep verder de trap af en opende de keukendeur. Er was geen politie.

'God-zij-geprezen', zei Joost. 'Daar ben je, lieverd. We waren zo ongerust.'

'Ik zag je fiets nergens', zei Meike.

Waren ze niet boos op me?

'Mus is vanmiddag overvallen', zei Joost. 'Op klaarlichte dag! Vermoedelijk door die schoften van de hakenkruisbende.'

'Ze ligt in het ziekenhuis', zei Meike. 'Ze heeft zo'n harde klap op haar hoofd gehad dat ze zich er niets van herinnert. Ik ben even bij haar geweest. Het laatste dat ze weet is dat jij toverballen bij haar kocht en dat je geen korting wilde.'

Het komt door mij, dacht ik. Ik heb gewenst dat Mus haar geheugen zou kwijtraken.

Joost glimlachte naar me.

Lieve Lotje
Wees niet bang
De wereld is rond
en dat istie al lang

Het gedicht waarvan Joost de eerste vier regels opzei, kan ik dromen. Als ik niet kan slapen, omdat ik bang ben, komt hij op de rand van mijn bed zitten. Zijn stem en de woorden maken me rustig. Nu troostte het gedicht mij niet.

De mensen zijn goed
De mensen zijn slecht
Maar ze gaan allen
dezelfde weg

Ik hoorde niet bij de goede mensen. Ik was een van de slechten. Mocht ik daarom niet van Daaf houden?

❧ vier ❧

waarin 's nachts de telefoon rinkelt, ik bewijs dat ik ZG kan dramatiseren en onderduik bij de doden...

Ik schrok wakker van de telefoon. Het is bij ons niet ongewoon dat die 's nachts gaat. Soms bellen ze Meike over een spoedgeval en moet ze naar het ziekenhuis komen. Meestal hoor ik het nauwelijks, word amper half wakker, en slaap weer in. Maar nu niet. Ik was meteen klaarwakker. Was er iets met Daaf? Door de overval op Mus was Joost het telefoontje van Ida vergeten. Ik had het stiekem gehoord en ik had geen zin in moeilijke vragen over Daaf en mij, dus ik had erover gezwegen. Ik hoorde Meike naar beneden gaan. Even later riep ze Joost. Haar stem klonk geschrokken. Mijn vader bonkte de trap af.

Ik stond op en deed de deur van mijn kamer op een kier. Joost praatte in het Frans door de telefoon. Gelukkig, het ging niet over Daaf.

'*Oui!*' schreeuwde Joost. '*Oui, oui.*'

Zijn beste vriend is Marcel, een Fransman. Hij is ook beeldhouwer, net als Joost. Elk jaar gaat Joost een week naar hem toe. Marcel woont in een oude schuur in een afgelegen dorp, waar helemaal niets te beleven valt. De schuur is ook zijn atelier en hij heeft een motor, waarmee hij scheurt. Het is daar zo stil dat het niet gevaarlijk is.

Het gesprek was afgelopen. Ik liep de trap af. In de keuken zat Joost naakt op een stoel aan de tafel. Meike stond in haar kamerjas half over hem heen gebogen, met haar arm om zijn schouder.

'Niet te geloven', zei Joost. Hij sloeg met zijn vuist op tafel en drukte hem tegen zijn voorhoofd. 'Níet-té-gelóven!'

Ik keek Meike vragend aan.

'Marcel heeft een ongeluk gehad', zei ze. 'Hij is uit de bocht gevlogen en ligt buiten bewustzijn in het ziekenhuis. Nathalie, zijn vriendin, belde.'

60

Die naam kende ik niet. Marcel heeft één vriend en een vriendin en een heleboel ex-vriendinnen. Nu was Nathalie dus zijn vriendin. 'Marcel spaart vriendinnen', zegt Joost soms.

Hij stond op. 'Ik neem een douche', zuchtte hij.

'Ik zet koffie', zei Meike.

Ik ging aan tafel zitten en zag Joost in zijn blootje de trap oplopen. Een keizer zonder woorden, dacht ik, want door dat maffe beelddenken dacht ik aan het sprookje van de keizer zonder kleren.

'Joost zal vandaag nog naar Frankrijk willen vertrekken', zei Meike. 'Het komt goed uit dat jij naar Israël gaat. Dan kunnen wij Marcel bezoeken.'

'Ja', zei ik. Als Joost en Meike naar Frankrijk gingen, kon ik ongemerkt thuisblijven.

Meike had net voor de tweede keer koffiegezet en Joost stond eieren te bakken, toen de telefoon opnieuw ging.

Het was Ida.

'Jezus ja, Ida, je hebt gelijk', hoorde ik Joost zeggen. 'Helemaal vergeten. Wat een uilskuiken ben ik toch.' Hij vertelde over de overval op Mus en het telefoontje van Nathalie uit Frankrijk. Ik begreep dat Ida iets voorstelde, want Joost zei: 'Zal ik Lot even doorgeven? O, jullie komen nu hierheen. Nog beter, dan kunnen wij ook wat afspraken maken, want Meike en ik willen zo snel mogelijk naar Marcel. Tot zo.'

'Hebben Daaf en jij ruzie gehad?' vroeg Joost toen hij de keuken weer inkwam.

'Echt ruzie was het niet', zei ik.

'Waarover ging het?' vroeg Meike.

'Meike...' zei Joost.

'Sorry', zei Meike.

'Ze komen er zo meteen aan', zei Joost. 'Daaf wil het uitpraten.'

'Oké', zei ik.

Inkie en Maurits waren er ook bij. Joelend renden ze de tuin in. Zonder elkaar aan te kijken, gingen Daaf en ik naar mijn kamer.

Joost, Meike en Ida bleven achter in de keuken, waar het naar koffie en gebakken eieren rook.

Ik deed de deur dicht. Buiten klonken de schelle stemmen van Inkie en Maurits. Ik sloot het raam. We gingen naast elkaar op mijn bed zitten.

'Het was stom...' zeiden we allebei. We stonden op. 'Ik... Jij... Wij.' We waren net twee poppen van een draaiorgel, die op de maat van de muziek een houterig dansje deden.

We keken elkaar lachend aan. Het ging vanzelf. Het was onze eerste echte zoen, maar ik herkende Daafs spuug. Hij smaakte nog net zo lekker als op de dag dat we onze toverballen ruilden en vrienden werden.

Opeens raakte ik in paniek. Dit kon helemaal niet! Ik mocht niet verliefd zijn op hem. Ik was slecht. Door mij was Mus overvallen en had Daaf vogeltjes doodgeschoten.

'Wat is er? Ben je nog boos?'

Ik schudde mijn hoofd. Als Daaf wist wat ik van plan was, zou hij me niet alleen laten. Ik glimlachte schijnheilig, alsof het me moeite kostte.

'Ik moet je iets zeggen', zei Daaf. 'Ik schaam me ervoor, maar ik wil dat je het weet.'

Ik zei niets.

Daaf keek me aan. Zijn ogen glansden. 'Als ik het je niet vertel, blijft het in mijn hoofd zitten.'

Daar weet ik alles van, dacht ik.

'Ik heb met mijn katapult geschoten.'

'Het geeft niet', zei ik.

'Het geeft wel. Ik heb drie vogeltjes doodgeschoten, expres.'

'Het geeft niet', herhaalde ik.

'En ik kan niet zweren dat het nooit meer gebeurt', zei Daaf zacht.

Ik sloeg mijn armen om hem heen en wilde hem nooit meer loslaten. Lieve Daaf, ik hou zoveel van je.

Daaf hielp me mijn rugzak te pakken. Ik vond het verschrikkelijk om hem voor de gek te houden, maar het kon niet anders.

'Weet je wat we kunnen doen?' zei hij.

'Nee.'

'We sturen Mus elke dag een foto.'

'Een foto?'

'Ja, van ons. Iedere dag vanaf een bijzondere plek, zoals de Klaagmuur of de Dode Zee.'

Het was echt iets voor Daaf om Mus op die manier de reis naar Israël te laten maken. 'Leuk', zei ik zo enthousiast als ik kon.

Het was bijna twaalf uur. Daaf en ik zaten met Meike en Ida in de keuken. Joost stopte de bagage voor Frankrijk in de Eend en Maurits en Inkie speelden in de tuin.

'Joost en ik brengen jullie naar Schiphol voor we naar Frankrijk vertrekken', zei Meike.

Ik schrok me een ongeluk. Hoe moest ik ongemerkt verdwijnen als ik met Ida, Daaf en de kleintjes op het vliegveld was? Ik moest iets verzinnen. Dramatiseren dan maar. Daar had ik niet voor niets zg voor op mijn rapport.

'Nee!' riep ik. 'Jullie moeten zo snel mogelijk vertrekken. Ik wil niet op mijn geweten hebben dat Marcel overlijdt net een uur voor jullie aankomen.' Als toegift gooide ik er een hevige snik tegenaan, je dramatiseert tenslotte of je doet het niet.

'Zo'n vaart zal het niet lopen', zei Meike rustig. 'Joost heeft Nathalie net gebeld. Marcel is bij kennis en buiten levensgevaar.'

Mijn hele onderduikplan dreigde in duigen te vallen. Tijd om er nog een schepje bovenop te doen. 'Nee!' gilde ik. 'Het is mijn schuld als jullie te laat komen.' Ik rende de keuken uit en greep de trapleuning vast. Zo bleef ik staan. Ik herinnerde mij de scène uit een zwart-witfilm op televisie.

Het werkte. Ik hoorde Meike en Ida overleggen. 'Lotte is overstuur', zei Ida. 'Het is zo'n gevoelig kind. Die overval op Mus heeft haar erg aangegrepen. David vond het ook verschrikkelijk. Voor

Lottes gemoedstoestand is het beter als jullie zo snel mogelijk vertrekken.'

'Denk je?' vroeg Meike. 'Vind je dat niet overdreven?'

Waarom was Daaf niet achter me aan gekomen om me te troosten? Had ik mij te erg aangesteld?

'Als we het nu eens zo doen', stelde Ida voor. Je kon merken dat ze in de politiek zat. 'Wij zwaaien jullie hier uit en daarna gaat Lotte met ons mee naar huis.'

Met Daaf en Ida mee? Hoe kwam ik dan weer weg? Nou ja, daar verzon ik wel iets op.

'Als jij denkt dat het beter is...' aarzelde Meike.

Gelukkig, dat was geregeld. Meteen dook het volgende probleem op. 'Hebben jullie het telefoonnummer in Frankrijk voor mij?' vroeg Ida. 'Dan kunnen we contact houden.'

'Goed idee,' zei Meike, 'ik zal het aan Joost vragen.'

Dat was helemaal geen goed idee. Ik stormde de keuken binnen. 'Zal ik het aan Joost vragen? Ik griste het gele memoblocje en de pen van het aanrecht en liep naar buiten. De Eend was al ingepakt. Joost had de motorkap opengezet. Toch geen pech, hoopte ik?

'Ha, die Lot', zei Joost. 'Ik controleer even de olie. Het is een lange rit.'

'Het telefoonnummer', zei ik en ik gaf hem het memoblocje en de pen.

'Ik heb vieze handen', zei Joost. 'Schrijf jij het op?'

Joost kende het telefoonnummer van Marcel uit zijn hoofd.

'Bedankt.'

Ik liep naar de zijdeur, zodat ze me vanuit de keuken niet zagen en haalde het bovenste blaadje van het blocje. Op het volgende blaadje schreef ik de laatste drie cijfers van het telefoonnummer, achterstevoren, maar nu als de eerste drie cijfers. De rest verzon ik er lukraak bij. Zelfs Daaf zou deze code niet kunnen kraken. Ik verfrommelde het blaadje met het goede nummer, stopte het in mijn broekzak en ging via de achterdeur de keuken in.

'Dit is het nummer', zei ik opgewekt.

Meike keek naar het handschrift. 'Ik heb het opgeschreven', zei ik snel. 'Joost had vieze handen.'

Ida borg het briefje op.

Daaf keek mij aan.

We zwaaiden Joost en Meike uit en bleven wachten tot we Joosts getoeter niet meer hoorden.

'Zullen we gaan?' vroeg Ida.

Daaf zei niets. Sinds mijn gespeelde aanval van hysterie was hij opvallend stil.

We liepen naar de auto. Daaf droeg mijn rugzak over zijn schouder. Inkie en Maurits openden de portieren en kropen op de achterbank. Tijd voor de volgende scène.

'Ik ga liever met de fiets', zei ik.

Even was ik bang dat Ida er genoeg van had, maar ze hield zich in. 'Goed, dan nemen wij je rugzak wel mee.'

Daaf zweeg.

De rest van de dag verliep zonder dat er iets opvallends gebeurde. 's Avonds aten we pannenkoeken.

Inkie en Maurits keken naar de televisie. Daaf en ik hielpen Ida met afwassen. Ik wachtte mijn kans af. Het was een kwestie van het juiste tijdstip, niet te vroeg en niet te laat.

Het journaal begon. 'Hè, hè', zei Ida 'Even zitten. Wat een dag.'

Ik wachtte het einde van het journaal af. Buiten begon het te schemeren. Dit was het moment.

'Ach', zei ik met mijn hand voor mijn mond, alsof ik opeens schrok. 'Ik ben iets vergeten.'

Ida keek geërgerd op. 'Wat ben je vergeten?' vroeg Daaf.

'Mijn knuffel', wilde ik zeggen, maar dat was te kinderachtig. 'Mijn boek', zei ik. Ik wist zo snel niets anders. Dat was een natuurlijk een blunder , want als er íets was dat ik in de vakantie niet zou doen, was het lezen.

Daaf keek me aan. Ik voelde me rood worden.

'Ik haal het wel even met de fiets', zei ik. 'Ik ben binnen een half-uurtje terug.'

'Zal ik met je meegaan?' vroeg Daaf.

Ik schudde mijn hoofd.

Daaf drong niet aan.

Ik fietste naar huis en verborg mijn fiets tussen de struiken achter het kerkje. Hoeveel tijd was er nog voor Daaf en Ida me kwamen zoeken? Een uur? Anderhalf uur? Dan was het donker.

Straks zou ik me verstoppen op het kerkhof. Maar nu nog niet. Wat zouden Daaf en Ida doen als ze me niet vonden? Daaf zou zonder mij niet naar Israël vertrekken? Of wel?

Ik wachtte.

Binnen ging de telefoon zevenmaal. Ik liep de tuin in. Het zou snel helemaal donker zijn. In de pastorie ging de telefoon opnieuw. Ik klom over de muur en verstopte me achter een brede zerk aan de andere kant van het kerkhof.

Het was donker. Er kwam een auto aan. Het schijnsel van de koplampen gleed over het kerkhof. De auto stopte, een portier sloeg dicht.

'Lot! Lotti!' Daaf riep mijn naam. Ik hield de grafzerk met twee handen vast. Mijn hart bonkte, zoals het nooit eerder had gebonkt.

'Lot.' Daafs stem kwam dichterbij.

'Lot!' Daaf stond nu voor de muur van het kerkhof. In mijn gedachten zag ik hem eroverheen klimmen. Zijn voetstappen knerpten op het grind en stopten.

'Ik weet dat je hier bent, Lotti', zei hij. 'Je wilt niet mee naar Israël. Je moet hier iets uitzoeken, denk ik.' Hij wachtte even voor hij verder ging. 'Ik zeg tegen Ida dat ik een briefje heb gevonden, dat je toch met je ouders bent meegegaan. Ze waren iets vergeten en troffen jou hier aan. Ik verzin wel iets. Als het moet, kan ik goed liegen.' Daaf grinnikte. 'Het zou me erg verbazen als dat Franse telefoonnummer klopt.'

Daaf had me meteen doorgehad. Daarom had hij zo gekeken en gezwegen. De toeter van de auto klonk als een trompetstoot door het donker.

'Onze ouders mogen geen argwaan krijgen', ging Daaf verder. Om Ida gerust te stellen zal ik, zodra we in Israël zijn, zogenaamd Joost en Meike bellen. Jij moet ze echt bellen, Lotti, en doen alsof je in Israël bent.'

Opnieuw een trompetstoot.

'Nu moet ik gaan, Lotti. Ik heb een bericht aan mijn vader geschreven. Op een papiertje, om in de Klaagmuur te stoppen. Jij zult het wel onzin vinden.'

'Natuurlijk niet!' wilde ik roepen, maar ik hield me in.

'Als je wilt dat ik hier blijf, moet je het zeggen', zei Daaf. 'Maar ik denk dat je alleen wilt zijn.'

Het was alsof ik vanbinnen uit elkaar werd getrokken. Het zweet brak me uit. Ik trilde over mijn hele lijf.

De derde trompetstoot.

'Ik ga, Lotti.'

Ik hoorde hem weglopen over het grindpad.

'Dag lieve Daaf', fluisterde ik.

Het portier van de auto sloeg dicht. Het duurde een tijd voor de motor startte en het licht over de graven streek.

Ik was alleen met de sterren. Wat wisten zij dat ik niet wist?

 *

*   Spéra: Spéra zijn geheime tekens die reizende zigeuners gebruiken om elkaar te waarschuwen. Deze spéra betekent: Let op! Gevaar!

67

3de bedrijf

Het was de leeuwerik, de heraut van de morgen,
en niet de nachtegaal.
Kijk, mijn lief, hoe het licht
de strenge wolken in het oosten verdrijft.

Romeo

# een

waarin ik uit de boomhut word gezongen, iemand inbreekt in
ons huis en de munt van Mus verdwijnt en verschijnt...

Ik bivakkeerde nu een paar dagen in de boomhut en ik had een probleem. Er was nog maar voor hooguit twee dagen te eten. En dan moest ik heel zuinig doen. Natuurlijk was er in het huis eten in overvloed. Maar de sleutel zat in mijn rugzak. En die was in Israël. En daarin zat ook de sleutel van het kerkje, waar het gereedschap van Joost lag.

Het gestolen briefje van vijftig euro zat in mijn zak. Dat mocht ik niet gebruiken. Het was belangrijk om hetzelfde biljet aan Mus terug te geven. Dan had ik het niet gestolen, maar geleend. Ik kon trouwens toch geen boodschappen doen in het dorp. Alle kinderen van school wisten dat ik met Daaf naar Israël was. Ik moest iets anders verzinnen om aan eten te komen. En ik moest naar Frankrijk bellen om te zeggen dat ik goed was aangekomen in Israël. Daar kon ik ook niet te lang mee wachten. 'Komt tijd, komt raad.' Dat klopte voor de helft. De tijd kwam, maar de raad liet op zich wachten.

Het schemerde al toen ik buiten iemand een liedje hoorde zingen.

Rode appel aan de boom
Je zult niet vallen.
Ik ben nog te klein
en kan je niet aanraken.

Aan de andere kant van de muur van het kerkhof stond een oude man. Hij droeg een grijs pak, met daaronder een vuurrood vest met een gouden horlogeketting. Hij was niet groot. Op zijn hoofd had hij een zwarte, vilten hoed en aan zijn voeten opvallend grote, witte gymschoenen. In zijn hand hield hij een versleten, bruine koffer. Zijn lange, sluike haar was wit als sneeuw.

'Hallo!' riep ik. 'Wie is daar?' Het leek wel een scène uit een toneelstuk.

De oude man keek naar boven. 'Eindelijk heb ik je gevonden', zei hij.

'Ik wist niet dat je me zocht.'

We keken elkaar aan. Hij had bruine ogen. Toen gebeurde er iets heel geks. Ik herkende hem. Niet hoe hij heette of hoe hij eruitzag. Ik wist wie hij was, vanbinnen.

'Hoe heet je?' vroeg ik.

'Alexander', zei hij. 'De Grote Alexander, illusionist.'

'De Grote Alexander', zei ik. 'Zo groot ben je niet.'

De man grinnikte. Hij had een vriendelijk, mager gezicht. Zijn huid was lichtgekleurd, als van een Italiaan.

'Ik heet Lotte. Je hebt geluk dat ik thuis ben', zei ik. 'Eigenlijk ben ik nu in Israël.'

'Goede verdwijntruc', lachte de man.

Ik lachte ook. Het was alsof ik hem al heel lang kende.

'Moet ik hier blijven staan of mag ik naar boven komen?'

'Kom maar naar boven.'

We zaten tegenover elkaar in mijn boomhut. Op het tafeltje stond een bord met de laatste vier crackers en mijn allerlaatste pakje roosvicee. 'Het is kersensmaak', zei ik.

'Lekker.'

Ik pakte een cracker en nam een hap.

Op het tafeltje hebben Daaf en ik de kaart van Europa geschilderd. Vorig jaar was het de kaart van Nederland en als we in groep acht zitten wordt het de wereldkaart. Joost vindt het bespottelijk dat je op school eerst je eigen land, daarna Europa en dan pas De Wereld leert. 'Hokjesgeest kweken', noemt hij dat. Ik vind het wel makkelijk, hokjesgeest.

'Waar kom jij eigenlijk vandaan?' vroeg ik.

De Grote Alexander schoof het bord opzij en wees naar het midden van Europa. 'Eigenlijk kom ik uit Hongarije,' zei hij, 'dat is mijn vaderland.'

'Ik had meer aan Italië gedacht', zei ik.

'Ook mooi,' zei Alexander, 'maar Hongarije is mooier.'

'Ik ben nog nooit in Hongarije geweest', zei ik. 'Wel in Italië, vorig jaar.'

We zwegen.

'Ik heb een probleem', zei ik nadat Alexander en ik de laatste twee crackers hadden opgegeten. 'Misschien kun jij me helpen.'

Hij keek me vragend aan.

Ik vertelde dat mijn ouders naar Frankrijk waren en dat ik geen sleutel van het huis had. Dat ik geen eten meer had, zei ik niet.

'Is dat alles?' Alexander stond op.

'Nee, nee', zei ik. 'Nu nog niet. Eerst moet het donker zijn. Ik wil niet dat iemand ons ziet als we inbreken.'

Het was donker. 'Hoe laat heb jij het?' vroeg ik.

'Een uur of tien, denk ik.'

'Waarom kijk je niet op je horloge?'

'Het is kapot. De wijzers staan stil.'

'Waarom koop je geen nieuw?'

'Het is een herinnering.'

We liepen door de donkere tuin. Ik ging voorop met de olielamp. Ik vond het spannend, inbreken in mijn eigen huis.

Opeens bleef ik staan. 'Jij bent toch geen echte inbreker?' vroeg ik.

'Erger', antwoordde Alexander.

'Erger?'

'Veel erger. Ik ben een zigeuner, een Rom.'

'Dat is niet erg. Als je maar niet steelt.' Dat moest ík nodig zeggen.

We liepen naar de zijkant van het huis. Het gele schijnsel van de lamp verlichtte het slot.

'Heb je geen gereedschap nodig?'

Alexander haalde een stuk ijzerdraad uit zijn zak en begon ermee in het slot te friemelen. 'Ik houd van het eerlijke handwerk.' De deur klikte open. 'Na jou.'

We gingen naar binnen. Ik liep naar de keuken. In de la van de eettafel lag de sleutelbos met reservesleutels. Ik pakte ze.

'Een goed huis', zei Alexander zacht. 'Een goed huis.'

Ik zette de olielamp op de tafel, pakte een boodschappentas en laadde die vol met blikken soep, ravioli, knakworstjes, ragout en een pakje theezakjes uit de voorraadkast.

Alexander keek om zich heen. 'Een heel goed huis', herhaalde hij. 'Een héél goed huis.'

Nu ik binnen was, kon ik op de computer kijken. Misschien had Daaf een bericht uit Israël gestuurd. Ik deed het niet. Was het omdat Alexander erbij was?

'Even het varken slachten', zei ik.

'Is er iets te vieren?' lachte Alexander.

'Mijn spaarvarken, bedoel ik. Misschien hebben we geld nodig.'

Waarom zei ik 'we'? Verwachtte ik dat hij bleef?

We gingen de keuken uit. Bij de trap bleef Alexander staan. Hij keek naar de foto van Meike met mij in haar buik.

'Je moeder?' vroeg hij.

'Meike', zei ik.

'En jij zat in haar buik.'

'Ja', zei ik.

Toen ik klein was, zeurde ik vaak dat ik een broertje of een zusje wilde.

'Vandaag niet', zei Joost dan.

Of: 'De kinderen zijn dit jaar op.'

Meike was dan altijd erg stil.

Op een dag hoorde ik iets dat ik niet had mogen horen. Ik was zes. Ik logeerde bij mijn oma en opa, de ouders van Meike. Er was een buurvrouw op theevisite. 'Kletsmeier', noemt Joost haar. Mijn opa was gaan vissen. Ik had mij verstopt achter zijn grote leunstoel.

'Waarom neemt Meike niet meer kinders?' vroeg Kletsmeier.
'Eens is maar alleens', zeg ik altijd.
'Dat weet ik niet hoor, Marie', zei Oma.
'De mensen zijn tegenwoordigs zo zelfzuchtigs', ging Kletsmeier verder. 'Ze denken alleen maar aan zichzelfs.'
'Je weet niet wat je zegt, mens', snauwde Oma. 'Joost en Meike zijn dolblij met Lotje. Ze zouden wel zeven kinderen willen. Maar de bevalling is afschuwelijk geweest. Het kind wilde er niet uitkomen. Joost zei dat hij dat Meike nooit meer wil aandoen. Zelfzuchtig!'
'Nou ja', de stem van Kletsmeier klonk beledigd. 'Kunnen de dokters daar niets aan doen? Die zijn zo knaps tegenwoordigs.'
Oma zweeg. Ik hoorde de klok tikken.
'Nou, dan ga ik maar weer eens', zei Kletsmeier. 'Het was gezelligs.'
'Ik laat je uit, Marie', zei Oma.
Ik bleef doodstil zitten. Even later kwam oma binnen. 'Takkenwijf!' Toen snoot ze hard haar neus.
Ik heb niet meer om een broertje of een zusje gevraagd.

We gingen de trap op naar mijn kamer. Wanneer Daaf bij mij in de boomhut bleef slapen, hing Joost de hangmat op. Daar kon Alexander nu in slapen. En als hij er te oud voor was, kon ik erin.
Waarom wist ik zo zeker dat Alexander bleef? Hij had er niets over gezegd.
Ik trok de dop uit de buik van mijn spaarvarken en frommelde er een paar briefjes van tien en eentje van twintig euro uit. Het losse geld liet ik zitten.
'Maak jij de hangmat los', zei ik. 'In de kast ligt een slaapzak. Ik ben zo terug.'
Ik liep de trap af en haalde het verfrommelde briefje met het telefoonnummer van Marcel uit mijn zak. Zouden mijn ouders het niet gek vinden dat ik ze zo laat belde? Ik draaide het nummer. Ze mogen niet aan mijn stem horen dat ik thuis ben, dacht ik. Aan de andere kant van de lijn ging de telefoon driemaal over.

'Met Joost.' Zijn stem klonk alsof hij naast mij stond.

'Met Lotte. Uit Israël. Het is hier súperfantastisch.'

'Ha, Lotti. We waren al een beetje ongerust.' Op de achtergrond hoorde ik Meike vragen of ik het was.

'We hebben een erg druk programma', zei ik. 'Naar de Klaagmuur, en nog van die dingen. Het is heel indrukwekkend. Hoe is het met Marcel?'

'Goed. Veel beter. Hij krijgt alweer aardig wat praatjes. Hier komt Meike, kusjes voor jullie allemaal.'

'Met Meike. Heb je het naar je zin?'

'Ja, heel erg super. Ik heb jullie overdag al zeker tien keer proberen te bellen. Maar het lukte niet. Daarom bel ik zo laat.'

'Dat kan', zei Meike. 'We zijn veel in het ziekenhuis bij Marcel. En de verbindingen hier op het Franse platteland zijn ook niet optimaal. Maak je geen zorgen. Het belangrijkste is dat jij het daar naar je zin hebt.'

Ik hoorde Alexander de trap afkomen. 'Ik moet ophangen', zei ik snel. 'Een kusje voor Marcel.'

'Zal ik doen, dag.'

'Dag.'

'Alles goed?' vroeg Alexander. De hangmat hing over zijn schouder en onder zijn arm droeg hij de slaapzak.

Ik knikte.

We richtten de boomhut in voor ons tweeën. De hangmat hing aan het plafond. Alexanders koffer hadden we onder het bed geschoven. De voedseltas stond tegen de muur. Het licht van de olielamp scheen op de kaart van Europa.

'Hongarije is niet groot', zei ik.

'Tweemaal zo groot als Nederland', zei Alexander. 'En voor de Eerste Wereldoorlog was Hongarije nog eens driemaal zo groot.'

'De Tweede Wereldoorlog was erger dan de Eerste', zei ik. 'Toen hebben ze alle joden opgepakt en vermoord.' Waarom zei ik weer niets over Daaf?

'Niet alleen joden', zei Alexander. 'Ook zigeuners en homo's. En dappere mensen die zich verzetten.'

'Was jij er toen al?' vroeg ik.

'Ja', antwoordde Alexander. 'Ik was net zo oud als jij nu.'

'Jij bent niet vermoord.'

'Nee.'

'Gelukkig maar', zei ik.

Alexander glimlachte, maar het was een droevige glimlach. Ik wilde hem weer vrolijk zien. 'Wat is een illusionist precies?' vroeg ik.

'Een illusionist', zei Alexander, 'is een ontsnappingskunstenaar. Hij laat dingen, dieren en mensen verdwijnen én weer verschijnen.'

'Kan jij dat echt?' riep ik. 'Dat wil ik zien. Kan ik het leren?'

'Eén ding tegelijk', lachte Alexander. 'Heb je hier ergens een munt voor mij?'

'Nee', zei ik teleurgesteld. 'Ik heb al het kleingeld in mijn spaarvarken laten zitten. O, wacht eens!'

Ik haalde de vijftig eurocent die ik van Mus had gekregen uit mijn broekzak. 'Ik moet hem wel terughebben. Hij is bijzonder. Ik heb hem geleend. Hij is niet van mij.'

Alexander schudde zijn vingers los en nam de munt aan.

'Geacht publiek', begon hij. 'Dit lijkt een gewone munt, maar het is een magische munt. Een munt die voor uw ogen verdwijnt én verschijnt.' Hij strekte zijn vingers. De munt was weg. Hij strekte ze opnieuw en de munt verscheen.

'Waw!' riep ik. 'Gáááf! Dat zou Daaf moeten zien.'

'Daaf?' vroeg Alexander. 'Wie is Daaf?'

'Zomaar iemand', zei ik snel. Ik voelde mijn wangen rood worden.

Alexander keek mij aan. Hij strekte zijn vingers en de munt verdween. Hij strekte ze opnieuw en de munt verscheen. 'Ik zou Zomaar Iemand graag ontmoeten, geloof ik.'

❧ twee ❧

waarin ik de tarotkaart van de Dood trek, rood de kleur van werkelijke liefde is en iemand mij een geheime wereld laat zien...

Alexander was al op toen ik de volgende morgen wakker werd. Hij had in de hangmat geslapen en ik in het bed. Ik keek naar de schaduw van de linde op de wand van de hut en rook de geur van knakworstjes.

'Lekker geslapen?' vroeg Alexander. Hij zat gehurkt voor de tafel waarop het kooktoestel met het steelpannetje stond.

Ik ging rechtop zitten en wreef de slaap uit mijn ogen. 'Ja.'

Het water in het pannetje borrelde. Het was een gezellig geluid. Op de tafel lag een kaartspel.

'Tarotkaarten', zei Alexander. 'Mijn moeder gebruikte ze om de toekomst te lezen.' Hij stond op. 'Even water voor de thee halen. Ben zo terug.' Hij liep weg, maar draaide zich om, alsof hij zich bedacht. 'Het ruikt buiten net als vroeger, toen ik als kind met mijn ouders door Hongarije trok.' Hij verdween.

Ik pakte de kaarten. De toekomst lezen? Hoe ging dat? Als ik eens zomaar een kaart trok. Ik ging op mijn knieën zitten en schudde de kaarten. Uit het midden van de stapel trok ik er een en legde die op Hongarije, het vaderland van Alexander. Ik draaide de kaart om.

Ik schrok. Ik zag een magere gebogen gestalte met een zeis in zijn handen. Overal om hem heen lagen afgehakte hoofden en handen en voeten. Boven aan de kaart stond het Romeinse cijfer dertien, het ongeluksgetal. 'Goed gekozen, Lotti', mompelde ik.

Ik hoorde Alexander naar boven komen. Snel stopte ik de kaart weer in de stapel en ging op de rand van mijn bed zitten. Alexander keek mij aan, maar hij zei niets.

We ontbeten met thee en knakworstjes.

'Zal ik de kaarten voor je leggen?' vroeg Alexander.

'Nee', zei ik.

Hij borg het kaartspel op in de binnenzak van zijn jasje.

'Ik weet iets veel leukers', zei ik. 'Ik laat je het atelier van mijn vader zien. Die is beeldhouwer.' Ik wachtte Alexanders reactie niet af en ging alvast naar beneden.

'Maar dit is een theater!' riep Alexander enthousiast toen we tussen de lakens in het kerkje stonden. 'Vanavond treed ik hier met mijn Grote Verdwijntruc voor jou op.'

'Waarom vanavond pas?' vroeg ik. 'Waarom niet nu?'

'Omdat ik mij moet voorbereiden. Ik ben illusionist, geen tovenaar.'

'Mag ik je helpen?'

Alexander schudde zijn hoofd. 'Als je weet hoe het werkt, gaat de illusie verloren.'

'Oké', zei ik. Eigenlijk kwam het wel goed uit. Nu kon ik ook ongestoord mijn gang gaan. Ik wilde meer weten over die tarotkaart van de Dood.

Terwijl Alexander in het kerkje zijn act voorbereidde, sloop ik de trap op naar de studeerkamer van Meike. Daar staat onze computer. Via internet kon ik vast meer ontdekken over de kaart van de Dood.

Ik keek door het raam naar buiten. Alexander was nergens te zien. Ik ging zitten en schakelde de computer in. Het scherm lichtte op. Met de muis klikte ik op het icoon van het vosje met de wereldbol. Ik tikte 'tarot' in en daarna 'dood'.

Bingo! Honderdvijftienduizend hits. Maar welke moest ik kiezen? De eerste de beste dan maar.

De gedaante van de dood die verscheen leek veel op die op de kaart. Ik las de tekst. **De dood verbindt ons met de natuur. Maar het ego ziet zichzelf graag boven de natuur of het universum verheven, en daarom wil het niet sterven.**

Ego en universum, las ik. Het klonk als een toverspreuk uit Harry Potter. Ik klikte de pagina weg. Misschien leverde de volgende meer op.

De beginalinea sloeg ik over. De kaart van de Dood kan verschillende betekenissen aannemen, las ik. Het meest radicale aspect van deze kaart verwijst naar een tijdelijke of definitieve scheiding van een vriend (mogelijk de levenspartner). Levenspartner? Bedoelden ze Daaf? Mijn ogen vlogen verder over de tekst. Ik las alsof mijn leven ervan afhing. Het is ook mogelijk dat jij of je partner iemand anders ontmoet en weer verliefd wordt. Verliefd? Ik? Daaf? Het woord verliefd danste in rode letters voor mijn ogen. In bijzonder zeldzame gevallen wijst de Dood op een scheiding ten gevolge van het lichamelijk overlijden van een van de betrokkenen. Wat dachten ze wel, die idioten daar bij internet? Dat zij over ons leven konden beslissen?

Waarom had ik die pokkenkaart getrokken? Was er iets met Daaf gebeurd? In Israël was het niet veilig. Iedere dag waren er bomaanslagen en raketaanvallen en ontvoeringen. En Daaf kon ook gewoon een ongeluk krijgen.

Misschien had hij mij een mail gestuurd. Ik klikte op het icoon. Alstublieft, smeekte ik. Laat er niets met Daaf zijn. Ik houd van hem.

Er was geen bericht.

Een paar maanden geleden was het Daafs beurt om zijn tweede spreekbeurt van het jaar te houden.

'Toch niet weer over het heelal, hè?' zei ik.

'Nee', lachte Daaf. 'Een nieuwe lente, een nieuw geluid. Ik ga het over de Dalai Lama en reïncarnatie hebben.'

In onze Italiëvakantie waren we een dag in Assisi. Dat is een erg oud stadje dat verschrikkelijk katholiek is. We zaten op de stoep van een kerk een ijsje te eten toen er een kleine stoet voorbijkwam. Het waren katholieke en boeddhistische monniken. Ik herkende ze aan hun donkerrood-gele kleding. Daaf en ik wisten dat, omdat ze ook in *Kuifje in Tibet* voorkomen. Een van de monniken heet Gezegende Bliksem. Hij kan zweven en dan ziet hij dingen die anderen niet zien. Daarna stort hij neer en herinnert zich er niets meer van.

'Volgens mij was de Dalai Lama erbij', zei Joost.

'Welnee', zei Meike. 'Je ziet weer eens meer dan er is.'

'Jawel', hield Joost vol. 'Het was die kleine met die bril.'

'Wie is de Dalai Lama?' vroeg ik.

'De geestelijke leider van de boeddhisten', antwoordde Joost.

'Zoiets als de paus?' vroeg Daaf.

'Maar dan anders. De Dalai Lama wordt niet gekozen, maar komt voort uit het leven. Hij is een reïncarnatie van zijn voorgangers.'

Reïncarnatie? Dat woord kende ik niet. Daaf wel. Hij zei dat het betekent dat iemand al een keer eerder heeft geleefd.

'In het geval van de Dalai Lama zelfs al dertien keer', zei Joost.

'Hoe weten ze dat?' vroeg ik.

'De vorige heeft de komst van zijn opvolger aangekondigd. En als jongetje heeft deze Dalai Lama allerlei voorwerpen van zijn voorganger herkend.'

'Ik geloof er niks van', zei ik.

'Waarom niet?' zei Daaf.

'Waarom wel? Dood is dood.'

Daaf oefende voor zijn spreekbeurt, met mij als kritische toehoorder. Dat had hij gevraagd.

'*Dalai* betekent oceaan en *Lama* leermeester', zei hij. 'In zijn geheel betekent Dalai Lama dus Leermeester van de Oceaan. Hij zegt dat de tijd nooit stilstaat. Wij, mensen, kunnen de tijd niet beheersen.'

'Niet zo wijsneuzig praten', zei ik.

'Doe ik dat?'

'Ja. Kinderen vinden dat niet leuk. Je bent veel te serieus voor ze.'

'O.' Daaf keek beteuterd.

'Je moet grapjes maken. En zorgen dat er iets onverwachts gebeurt. Daarmee houd je hun aandacht vast.'

'Ik zal het proberen.'

'Maar dat Dalai Lama-pak staat je leuk', zei ik. We hadden het samen met Ida gemaakt.

'Dus ik sta niet voor aap?'

'Niet meer dan anders.' We lachten.

Daafs spreekbeurt liep als de Franse TGV, om met Joost te spreken. Daaf vertelde zo duidelijk over dat gereïncarneer dat ik bedacht dat het best waar zou kunnen zijn.

'De Dalai Lama geeft lessen in leven en liefde', zei Daaf. 'Hij zegt dat ieder mens goed wordt geboren. Elke pasgeboren baby strekt zijn armen uit naar de wereld. Dat is een gebaar van liefde.'

Ik keek naar juf Hajar. Ze probeert het te verbergen, maar ze is idolaat van Daafs gracieuze zelf. Dat zie je aan haar gezicht.

'De Dalai Lama zegt dat de tijd nooit stopt', ging Daaf verder. 'De tijd gaat door. Wij, mensen, kunnen de tijd niet beheersen.' Ik gaf Daaf een seintje.

'De Dalai Lama is beslist niet saai', zei Daaf snel. 'Hij is een echte grappenmaker. Hij heeft regels opgesteld. Een regel luidt dat je ze moet kennen om ze te kunnen ontlopen.'

Vincent stak zijn vinger omhoog.

'Vince...'

'Ken je nog meer regels?'

'Ja. Bijvoorbeeld dat zwijgen soms het beste antwoord is en dat je minstens drie keer per week de liefde moet bedrijven.' Gisteren had Daaf neuken gezegd. Jammer dat hij dat nu niet zei. En dan zien hoe Hajar reageerde.

Patrick werd wakker. Hij ging rechtop zitten, keek om zich heen, maakte smerige gebaren en riep: 'Wippen, wippen.'

'Ja, Patrick', zei juf Hajar. 'We hebben het begrepen.'

'Ik wil graag eindigen met een experiment', zei Daaf. 'Het is een persoonlijkheidstest, gemaakt door de Dalai Lama. Ik heb drie personen nodig.'

Wat kregen we nou? Daar had hij mij gisteren niets over gezegd.

'Kies maar', zei Hajar.

'Patrick', zei Daaf, 'en Sabien en Lotte.'

We stonden voor de klas naast elkaar. 'Je wordt hartelijk bedankt', siste ik. Daaf deed alsof hij mij niet hoorde. De andere kinderen keken aandachtig toe.

'Mijn eerste opdracht is voor Sabien. Ik noem vijf dieren. Jij mag kiezen welk van de vijf je het leukste vindt.' Daaf somde op: 'Een koe, een tijger, een schaap, een paard of een varken?'

Sabien dacht even na. 'Een schaap, geloof ik.'

Ik zou de tijger hebben gekozen.

'Volgens de Dalai Lama is de liefde voor jou het belangrijkste in je leven', zei Daaf ernstig.

Sabien keek een beetje verlegen. Patrick sloeg van pret op zijn knieën.

'Nu jij, Patrick', zei Daaf.

'Moet ik ook een dier kiezen?'

'Nee, jij krijgt een andere opdracht. Ik noem een woord en jij noemt het eerste woord dat bij je opkomt. Je mag er dus niet over nadenken. Ben je er klaar voor?'

Patrick knikte.

'Koffie', zei Daaf.

'Goor!' riep Patrick. 'Vies! Gatverdamme!'

'Driemaal is scheepsrecht,' zei Daaf, 'maar om bij het eerste woord te blijven: goor', hij wachtte even. 'Dat is wat jij volgens de Dalai Lama van seks vindt.'

Iedereen lachte, ook Hajar. Patrick keek erg op zijn neus.

'Bingo!' riep Vincent.

'Zo is het wel goed, Vincent', zei Hajar.

Die Dalai Lama heeft er verstand van, dacht ik. Want Joost en Meike houden veel van koffie.

'Nu jij, Lot', zei Daaf toen het weer stil was. 'Hier volgt jouw opdracht. Denk aan een persoon die jij goed kent en die jou ook goed kent.'

Ik zal je krijgen met je stiekeme persoonlijkheidstest, dacht ik. Ik denk gewoon aan jou.

'Ik noem vijf kleuren', ging Daaf verder. 'Welke van de vijf past het meest bij de persoon die je hebt gekozen: geel, oranje, rood, wit of groen?'

De kleur die ik voor mij zag, was vuurrood, maar ik zei 'wit'.

'Wit', herhaalde Daaf. 'Dan is die persoon een verwante ziel. Wie is het?'

'Patrick, volgens de Dalai Lama', lachte ik.

'Je hebt het niet serieus gedaan', riep Daaf teleurgesteld.

'Ja hoor', zei ik.

Daaf sloot zijn spreekbeurt af, maar hij was een beetje van slag. Eigen schuld, dikke bult. Ik ging op mijn plaats zitten.

Sabien stak haar vinger op. 'Wat betekent het als je de kleur rood ziet bij iemand?' vroeg ze.

'Rood?' herhaalde Daaf. 'Dan heb je die persoon werkelijk lief.' Ik verborg mijn wangen achter mijn handen. Ze gloeiden dwars door mijn vingers heen.

Hajar vond de spreekbeurt natuurlijk 'fántástísch!' Waarom zegt niemand dat eens tegen mij? Ditmaal kreeg Daaf een tien, vanwege de diepgang van het onderwerp en de meer dan voortreffelijke presentatie. Ik zei het al: Hajar is idolaat van Daafs gracieuze zelf.

'Had jij echt Patrick in je hoofd?' vroeg Daaf toen we over de dijk naar huis fietsten.

'Nee', zei ik. 'Jou.'

Hij grinnikte. 'Ik kon het je gisteren niet vertellen van die test, want dan was het niet onverwacht meer.'

'Ik haat testen', zei ik.

'Weet ik.'

Alexander had de hele dag aan zijn verdwijntruc gewerkt. Buiten was het donker. Het was zover.

Ik zat op een van de blokken die Daaf en ik de vorige week hadden geverfd. Het leek veel langer geleden. Ik keek naar de witte lappen die vanaf het plafond doodstil naar beneden hingen.

Ik dacht aan Daaf. Had hij het papiertje al in de Klaagmuur gestopt? Zou hij zo zijn vader kunnen bereiken?

Alexander had gezegd dat hij uit Hongarije kwam. Maar was dat wel zo? Misschien was hij een dode van het kerkhof, die tot leven was gekomen. Dat had ik wel eens zien gebeuren in een film. Met de komst van Alexander leek ik verdwaald in een wereld die heel veel leek op die van mij, maar die toch totaal anders was.

Links voor me schoot met een zacht sissend geluid een vlam op uit het niets. Aan de rechterkant gebeurde precies hetzelfde. Een warme rood-oranje gloed flakkerde op de lakens. De Vuurdraak! Niet aan denken, Lot, dacht ik streng.

Alexander kwam tevoorschijn. Hij droeg een rood pak en had een rode kap over zijn hoofd. Van de zenuwen moest ik een beetje giechelen. De Grote Alexander leek een beetje op Superman, maar dan oud en met dunne armen en benen.

Hij greep een brandende fakkel uit het niets en tekende er een vijfpuntige ster mee in het donker.

*

Ik staarde naar de vlam en de opstijgende rook. Opeens waren Alexander en de fakkel verdwenen. Ook de vlammen aan de zijkant doofden.

Hoe langer je leeft
hoe korter het duurt

Je komt uit het water
en gaat door het vuur

---

* Pentagram: Al sinds de middeleeuwen wordt deze vijfpuntige ster beschouwd als een magisch teken van bescherming tegen duistere krachten.

Ik sprong op en hoorde mezelf gillen. Dat was niet omdat Alexander was verdwenen. En ook niet omdat ik bang was in het donker. Het was omdat ik, op de plek waar net nog de Grote Alexander had gestaan, een meisje zag. Ze had zwart, krullend haar, een witte bloes en een wijde, rode rok. En ze had blote voeten, net als ik. We keken elkaar aan. Zij leek niet op me en toch was het alsof ik in een spiegel keek. Opeens was ze weg.

Ik hoorde de stem van Alexander vlakbij. 'Niet bang zijn, ik ben bij je.' Hij pakte mijn hand vast. Ik kneep zo hard als ik kon in zijn vingers.

'Ik wil hier weg', zei ik.

◈ drie ◈

waarin ik iemand meeneem in de gewone wereld, het nog inge-
wikkelder wordt en ik Daafs verre, lieve lippen kus...

We liepen naast elkaar door de donkere tuin naar de lindeboom.
Geen van tweeën zeiden we iets. In de hut ging ik op mijn bed zit-
ten. Ik wachtte tot Alexander de olielamp aandeed, zodat ik hem
goed kon zien.
'Ben jij een geest van het kerkhof?' begon ik.
Hij keek mij verbaasd aan. 'Nee.'
'Zweer het!'
'Ik zweer het.'
'Zweer het op je vaderland! Zweer het op Hongarije!'
'Ik zweer het op Hongarije.'
'En je bent ook geen soort reïncarnatie?'
'Nee. Moet ik dat ook zweren?'
Ik schudde mijn hoofd.

Ik kon niet in slaap komen. In mijn hangmat zou ik misschien beter kunnen nadenken, maar daar lag Alexander in. Toen hij onder
aan de boom stond, had hij gezegd dat hij me *eindelijk* had gevonden. Hij had niet verteld waarom hij mij zocht en waar hij vandaan
kwam. En ik had het hem niet gevraagd. Het was geweest alsof we
elkaar al heel lang kenden. Daarna had ik de tarotkaart van de
Dood getrokken. En nu was er weer dat meisje. Wie was ze? Een illusie die Alexander had opgeroepen? Of kwam het door mijn eigen
stomme beelddenken dat ik haar had gezien?
De volgende morgen was ik eerder wakker dan Alexander. Er
was tijd genoeg om een plan te verzinnen. Ik wil dat alles weer gewoon wordt, dacht ik.
'Jij hebt mij jouw wereld laten zien', zei ik na het ontbijt tegen
Alexander. Over de zin erna had ik lang nagedacht. 'Nu zal ik jou

mijn wereld tonen. Maar eerst gaan we ons vermommen. Niemand mag weten wie we zijn. Volg mij.' Ook over dat laatste zinnetje had ik nagedacht. Ik vond het wel stoer klinken. 'Volg mij.'

Op de zolder staat onze verkleedkist. Eigenlijk zijn het een paar hutkoffers, maar wij noemen het de verkleedkist. Er zit van alles in: oude toneelkleren, hoeden en petten, jurken van Meikes moeder en zelfs jongenskleren uit de vorige eeuw.

'Ik begrijp niet waarom het nodig is', mopperde Alexander.

'Het is heel simpel', zei ik. 'Ik ben in Israël, dus kan ik mij niet als Lot in het dorp vertonen. Daarom verkleden we ons. En bovendien is het spannend.'

'Ik wil niet voor gek lopen.'

'Nee, natuurlijk niet', zei ik.

Alexander stond voor de langwerpige spiegel. Hij droeg een donkerblauwe jurk met witte bloemetjes, madeliefjes waren het. Het viel me op hoe mager hij was. Zijn gezicht stond op onweer.

'Waarom moet ik een vrouw zijn?'

Ik weet niet meer precies hoelang geleden het was. Maar het regende pijpenstelen. Daaf en ik speelden sprookjes na.

'Nu een sprookje waarin een meisje de hoofdrol heeft', zei ik.

'Oké', zei Daaf. 'Jij mag kiezen. Assepoester?'

'Dat vind ik zo'n slome trut.'

'Doornroosje?'

'Eh, nee.'

'Sneeuwwitje.'

'Ja, maar dan ben jij Sneeuwwitje en ik de spiegel.'

'Oké', lachte Daaf. Hij trok de prinsessenjurk aan. 'Spiegeltje, spiegeltje aan de wand, wie is de mooiste van het land?' vroeg hij.

'Dat ben jij', zei ik. Zou Daaf mij als prins echt gezoend hebben als ik Doornroosje had gekozen?

'Ga 's opzij', zei ik en ik zette mijn pet een beetje schuiner op mijn hoofd. Ik zag er echt uit als een jongen, vond ik.

Alexander keek nog steeds chagrijnig.

'Luister', zei ik. 'Als de mensen een man met een kind zien, denken ze dat hij een kinderlokker is. Bij een vrouw denken ze dat niet. Kijk, ik heb hier ook nog een mooie pruik voor je.'

Alexander zuchtte. Hij zette de pruik op. 'Heb je er geen clownsneus bij?'

Ik fietste met Alexander achterop over de dijk. Hij zei weinig.

'Weet je hoe vaak ik deze weg al heb gereden?' vroeg ik.

'Geen idee.'

'Veertienhonderd keer. En weet je hoeveel kilometer dat bij elkaar is?'

'Geen idee.'

'Zevenduizend kilometer.'

Zevenmaal om de aarde te gaan,
als het zou moeten op handen en voeten...

We reden langs het winkeltje van Mus. Het was nog steeds gesloten. Hoe zou het met haar gaan? Zou Daaf haar elke dag een kaart uit Israël sturen, zoals hij van plan was geweest? Ik kon die vijftig euro ook in een envelop doen en anoniem opsturen naar het ziekenhuis. Maar dat zou wel erg laf zijn.

We reden de Dorpstraat in. Met onze vermomming zat het wel goed. Niemand lette op ons. Op de stoep liep Sabien met haar moeder. Ik draaide mijn gezicht de andere kant op.

'Ik heb geld bij me', zei ik. 'Is er misschien iets dat je graag wilt kopen? Iets lekkers?'

'Sterkedrank en zware sigaretten.'

Ik zette mijn fiets tegen de gevel van de slijterij. Eigenlijk zijn het twee winkels: een drankzaak en een tabakswinkel. Elke winkel heeft een eigen ingang, maar binnen gaan ze in elkaar over. In het tabaksgedeelte verkopen ze ook kranten, tijdschriften en kaarten.

Op de winkelruit hing een affiche van de opvoering van Romeo & Julia met een foto van Meike als Julia. De deur ging open. Er kwam een lange jongen naar buiten met twee flessen in zijn handen. Het was Klaas. Ik herkende hem niet meteen omdat hij een zonnebril droeg. Waar was zijn motor? Ik keek hem na en zag dat hij in een donkergroene terreinwagen stapte.

We gingen naar binnen. Klaas had mij niet herkend. In de winkel stonden twee vrouwen.

'Whiskey of wodka?' vroeg ik.

'Wisníak', antwoordde Alexander. 'Dat is een likeur van wilde kersen.' Hij hoestte. Dat deed hij erg vaak, was me opgevallen.

'Wat voor taal spreken die twee daar?' hoorde ik een van de vrouwen vragen. Ik keek om mij heen. Er waren geen andere klanten in de winkel. Ik begreep er niets van. Alexander en ik spraken toch gewoon Nederlands?

De winkelier kwam op ons af. De twee vrouwen verlieten de winkel.

'Wat moeten jullie?'

'Verkoopt u kersenlikeur?' vroeg ik. 'Van wilde kersen.'

'Jazeker. Loop maar met me mee.' Zie je wel, Alexander en ik spraken gewoon Nederlands.

'Hier staan de kersenlikeuren. Ik heb ze uit Italië en van eigen bodem.'

'Heeft u ook Hongaarse? Wisníak?'

De man schudde zijn hoofd.

'Doe dan maar die Italiaanse.'

'*And cigarettes, the strongest you have.*'

Waarom sprak Alexander opeens Amerikaans? Want het klonk niet als Engels.

'Hij wil sigaretten, de zwaarste die u heeft.'

'Hij?' vroeg de winkelier achterdochtig.

'Zij', zei ik. 'U heeft mij verkeerd verstaan.'

We volgden de man naar het tabaksgedeelte. In het voorbijgaan plukte ik een kaart uit het kaartenrek. Er stond een wit konijn op. Konijnen brengen geluk, weet ik van Joost. Ik ging de kaart aan Mus sturen. 'En een postzegel', zei ik.

Buiten besefte ik dat ik had betaald met het biljet van Mus. Ik moest terug om het te wisselen. Ik deed het niet. We hadden al te veel aandacht getrokken.

Ik had alles weer gewoon willen maken, maar in plaats daarvan werd het juist gekker. Die vrouwen zeiden dat wij een andere taal spraken. En daarna sprak Alexander opeens Amerikaans en zei ik dat hij een zij was, maar dan omgekeerd. En nu was ik ook nog die vijftig euro van Mus kwijt.

Ik keek naar de kaart met het konijn. *Veel geluk* stond er met gouden letters op gedrukt.

'Ik zal je laten zien waar ik op school zit', zei ik tegen Alexander. Dat kon in ieder geval niet misgaan.

De voorkant van onze school ligt aan de straat. Aan de achterkant loopt een fietspad langs een sloot. De lokalen zijn in een U-vorm om het speelplein gebouwd. Op het plein staan een klimrek en bomen. In een hoek is de zandbak voor de kleintjes en het hok van Snuffel, het schoolkonijn. Hij zit al langer dan ik op de Waterlelie. Als de kinderen op vakantie gaan, blijft Snuffel op school. Hij heeft een hok met een buitenren. Treurniet, de conciërge van school, zorgt dan voor zijn eten. Treurniet is vrijgezel, Snuffel is zijn troetelkind.

Een paar weken geleden, tijdens de rekenles, stak Sabien haar vinger op. 'Juf, ze zeggen dat Treurniet homo is. Is dat zo?'

'Meneer Treurniet, bedoel je', zei Hajar. Ze wist blijkbaar niet zo snel wat ze antwoorden moest.

Patrick draaide zich om naar Sabien en riep: 'Een homo is ook een mens, hoor.'

'Bíngó!' lachte Vince en hij begon te klappen. Wij klapten allemaal mee.

Hajar draaide zich om naar het bord en begon de som die ze ons had opgegeven zelf uit te rekenen. Patrick moet vaker van die slimme dingen zeggen. Dan hoeven wij minder te rekenen.

Ik zette mijn fiets tegen een boom. 'Even Snuffel gedag zeggen.' We liepen naar zijn hok. Het deurtje van de ren stond open. De bakjes met voer waren gevuld. 'Snuffel', riep ik. 'Snuffeltje!' Ik liep naar de zandbak. Mijn hart stond stil. Daar lag Snuffel. Het zand om hem heen was donker gekleurd. Er liep een spoor van de dichtstbijzijnde boom. Iemand had Snuffels lieve knuffelkop kapotgeslagen tegen een boom en hem daarna in de zandbak gegooid. We liepen erheen en knielden bij het dode dier.

Ik streelde de witte vacht en zijn lange oren, er zaten klontertjes bloed in.

'Het is vandaag gebeurd', zei Alexander. 'Zullen wij hem begraven?'

'Nee!' zei ik. 'Snuffel is van Treurniet. Hij moet hem vinden. Als Treurniet niet weet wat er is gebeurd, blijft hij naar Snuffel zoeken. Dat is nog erger.'

Alexander knikte. 'Ja', zei hij langzaam. 'Dat is zo.'

Ik pakte de kaart met het konijn en stak die naast Snuffel in het zand. De postzegel was niet nodig.

Zwijgend reden we terug naar huis. Ik zette de fiets tegen de muur naast de voordeur. 'Ik moet even iets doen.'

Ik ging naar binnen, de trap op naar de kamer met de computer. Wat duurde dat opstarten lang! Eindelijk lichtte het scherm op. Gehaast klikte ik op het icoon van de e-mail. *Een-twee-drie-vier-vijf-zes-zeven-acht-negen-tien. Wie-niet-weg-is-is-gezien.* Er was een bericht van Daaf! Gehaast opende ik het. *Dag Lotti, Daaf.* Was dát alles?

Ik zag dat er een bijlage was en klikte opnieuw. Voor mij verscheen levensgroot het lachende gezicht van Daaf. Hij keek mij recht aan.

'Ze hebben Snuffel vermoord', zei ik. 'Ze hebben zijn kopje verpletterd tegen een boom. Was jij maar hier. Of ik bij jou.'

Ik boog voorover en kuste hem op zijn verre, lieve lippen.

'Dus dit is Zomaar Iemand', hoorde ik achter me. Daar stond Alexander. In zijn bloemetjesjurk en met zijn pruik in zijn hand. 'Zou je hem niet eens aan mij voorstellen?'

❧ vier ❦

waarin ik met iemand over Daaf en het meisje met de rode rok praat, iemand Aram heet en het feest van de laatste nacht ruw wordt verstoord...

'Hij is knap', zei ik.
'Heb ik gezien', zei Alexander.
'Dat bedoel ik niet. Daaf is knap in zijn hoofd. Hij is hoogbegaafd. Daar is hij voor getest. Alleen wil hij niet dat de andere kinderen het weten. Onze juf is idolaat van hem.'
'Idolaat?'
'Ja. Zij vindt Daaf fántástisch.'
'Jaloers?'
'Helemaal niet!'
Het was aan het eind van de middag. We zaten in het gras tegen de muur van het kerkhof. Ik droeg nog steeds jongenskleren. Alexander had over de bloemetjesjurk een jasje aangetrokken. Hij dronk van de fles met Italiaanse kersenlikeur en rookte de zware sigaretten.
Ik dronk roosvicee, kersensmaak.
'Roken en drinken zijn slecht voor je', zei ik. 'Daar ga je dood van.'
Alexander lachte. 'Van leven ook.' Hij hoestte.
'Zie je wel. Je krijgt er longkanker van. Dat staat op het pakje. Kun je dat niet lezen?'
'Nee', zei Alexander.
'Nee?'
Alexander ging er niet op in. 'Zomaar Iemand is dus knap', zei hij. 'Tweemaal zelfs, vanbinnen én vanbuiten. Zomaar Iemand is een geluksvogel.'
'Nou', aarzelde ik.
'Nou?' herhaalde Alexander.
'Daaf is joods', zei ik, 'en zijn vader is dood.'

94

'Knap, fántastísch, joods en een dode vader', somde Alexander op. 'Wat wil je nog meer? Is hij ook een beetje moedig?'
'Daaf is pas elf.'
'Al elf, bedoel je.'

Was Daaf moedig? Toen we in groep vijf zaten, ben ik een keer van huis weggelopen. Het was winter. Ik had ruzie met Meike. Zij wilde dat ik na schooltijd thuis extra oefende met lezen. Alsof dat hielp. Ik wilde niet lezen en rende naar buiten. Meike kwam me niet achterna.
Waar moest ik heen? Het werd al avond en er stond een gure wind. Ik wilde niet meteen weer naar binnen. Ik was toen nog koppiger dan nu, geloof ik. Ik besloot naar de ruïne van de molen te gaan. Door de kinderen uit mijn klas wordt hij de Zwarte Molen genoemd. Ze zeggen dat er een boze geest in woont.
Daaf en ik speelden wel eens in de molen. Joost en Meike wisten daar niets van. En Ida helemaal niet. De molen is namelijk echt gevaarlijk. Daarom staat er een hoog hek omheen met een bord:

VERBODEN TOEGANG: INSTORTINGSGEVAAR!!!

Het schemerde toen ik bij de molen aankwam. Ik had het koud. Waarom ging ik niet terug naar huis? Meike zou niet boos meer zijn.
Maar ik wel! Niet op haar, maar op dat stomme lezen. Ik kroop door de smalle opening die Daaf en ik hadden gemaakt naar binnen. Ik ging op de grond zitten, met mijn armen om mijn knieën.
Het was koud. Ik kreeg honger. En toch bleef ik zitten. De wind gierde om de molen en rukte aan de dichtgespijkerde luiken. Ik stond op en keek door het enige venster naar buiten. Daar naderde een lichtje, dansend in de storm.
Het was Daaf op zijn fiets. Meike had Ida gebeld of ik bij hem was. Daaf was mij meteen gaan zoeken. En hij heeft nooit, zelfs niet aan Joost, verteld waar hij me vond.

'Ja', zei ik. 'Daaf is moedig en hij zal me nooit verraden.'

Alexander hoestte opnieuw. 'Zal hij je komen redden als je in nood bent, met gevaar voor zijn eigen leven?'

'Wat een stomme vraag', zei ik. 'Ik stop ermee.'

'Je houdt van hem', zei Alexander.

Ik was witheet. Als die oude gek dacht dat hij alles kon vragen en zeggen, dan mocht ik het ook.

'Die illusies van jou...' zei ik.

'Ja...?'

'Hoort daar een meisje bij; een mooi meisje met een wijde, rode rok, een witte bloes en zwart krulhaar?'

Alexander antwoordde niet.

'Hoe heet ze?'

Hij bleef zwijgen.

'Je kent haar dus?'

Hij hoestte. 'Ik wil er niet over praten.'

'Ik wel', zei ik. 'Leefde ze in een andere tijd?'

'Ik wil er niet over praten.'

'Is ze dood?'

Alexander zweeg.

'Hield je van haar?'

Hij knikte en keek mij aan, met tranen in zijn ogen. 'Ze heette Zsófi. Zij was elf en ik twaalf. Ze hebben haar vermoord. Het was in de oorlog. Lang geleden.'

'Wat is er gebeurd?' vroeg ik. 'Was je erbij?'

Hij schudde zijn hoofd. 'Het enige dat ik weet, is dat ze Zsófi en haar familie hebben opgepakt en naar Auschwitz* hebben gebracht. Geen van hen heeft het overleefd. Ze zijn vergast en daarna verbrand, zoals honderdduizenden andere Roma. Als de verbrandingsovens loeiden, sloeg het vuur uit de schoorsteen en hing de stank van brandend mensenvlees in de lucht.' Zijn haar was nat van het zweet. Zijn voorhoofd glom en zijn wangen gloeiden van

---

* Auschwitz: Een van de vernietigingskampen in Polen tijdens de Tweede Wereldoorlog.

de koorts. 'Het moet de hel op aarde geweest zijn. Elke dag je lot te ruiken, tot het jouw beurt is.'

'Ja', zei ik. Ik durfde niet te zeggen wat ik dacht. Niet aan denken, dacht ik. Draken bestaan niet.

'Ik heet geen Alexander', ging hij verder. 'Mijn echte naam is Aram. Alexander is de artiestennaam die ik later heb gekozen.'

'Aram', herhaalde ik.

Hij knikte.

Je bent erg ziek', zei ik. 'Heb je medicijnen?'

'Hij haalde een flesje uit zijn jaszak en stak het triomfantelijk omhoog. 'Een medicijn dat een einde maakt aan alle pijn.' Hij was niet dronken, maar wel aangeschoten. 'Vanavond zijn we voor het laatst samen. Morgenochtend vertrek ik. Laten we ons afscheid vieren met een feest.' Hij hoestte.

'Goed', zei ik. 'Maar nu wil ik dat je stopt met roken en drinken. Je moet rusten.'

Hij stribbelde niet tegen. Ik zei dat hij in mijn bed mocht, maar hij wilde liever in de hangmat.

Ik bleef bij hem zitten. Hij sliep snel in. Hij zag er lief uit in die bloemetjesjurk met dat jasje. Zijn dunne, behaarde benen met de grote, witte gympen bungelden over de rand. Het zonlicht met de schaduw van de linde streek over zijn magere gezicht. Hij glimlachte. Ik stond op en verliet de hut.

Ik ging Daaf mailen. Hij moest weten dat ik veel aan hem dacht. En daarna ging ik het afscheidsfeest van vanavond voorbereiden.

Het computerscherm lichtte op. Op Daafs mailtje stond een e-mailadres. Ik voegde het toe aan het adresboek. Daarna opende ik de bijlage van Daafs mail.

We keken elkaar aan. We lachten. Ik zwaaide en Daaf knipoogde, want hij had geen handen op de foto. Nu pas zag ik dat die tegen de achtergrond van de zee was gemaakt. Met tegenzin klikte ik Daaf weg en opende een nieuw bericht.

Wat moest ik aan Daaf schrijven? Dat ik hem miste? Dat ik veel aan hem dacht? Dat hij fántástisch was? Ik grinnikte en tikte:

Ik mis je!

Ik denk veel aan je!!

Je bent fántástisch!!!

Ik klikte op verzenden. Met de snelheid van het licht vloog mijn bericht naar Israël. Dat is 300.000 kilometer per uur. Met die snelheid reis je in minder dan één seconde zevenmaal om de aarde. Dat weet ik natuurlijk van Daaf.

Ik zag mezelf in de spiegel. Ik droeg nog steeds de jongenskleren. Wat moest ik aantrekken voor het feest?

In een van de koffers vond ik een wijde, rode rok van zachte stof. Uit de kast in mijn kamer haalde ik mijn nieuwe rode T-shirt. En van Meike leende ik haar glimmende, rode schoenen met hakken die Joost de Assepoestermuiltjes noemt.

Ik trok de jongenskleren uit en kleedde mij aan: eerst de rok, daarna het T-shirt en ten slotte de schoenen. Ze pasten. Ik keek in de spiegel. Was ik dat? Voor het eerst vond ik mijzelf mooi.

Ik liep de trap af en ging de keuken in. Ik wilde een Italiaanse pastasalade maken, met olijven, ei en tomaat. Het moest een lichte en vrolijke maaltijd worden. Ik koos farfalle. Eigenlijk betekent dat strikjes, maar Joost noemt ze vlindertjes, omdat ze daar ook op lijken. Ik pakte zijn witte koksschort, knoopte hem om mijn middel en ging aan de slag.

De avondzon scheen tot op de keukenvloer. Op het aanrecht stond de schaal met pasta. Hij was goed gelukt. Uit de koelkast pakte ik de fles Prosecco* die ik erin had gezet en uit de glazenkast twee hoge champagneglazen. In een van de keukenkastjes vond ik de rieten picknickmand die we maar eenmaal hadden gebruikt. 'Je

---

* Prosecco: lichte, zachte witte bubbeltjeswijn uit Italië.

koopt zo'n onding omdat je denkt dat het handig is', had Joost ge-
mopperd. 'Vergeet het maar. Dat is een illusie.'
   Ik grinnikte. Illusies pasten bij het afscheid van Alexander.

Ik liep met de mand door de tuin naar de lindeboom. De Assepoes-
terschoenen waren toch nog iets te groot. Ik liep er meer naast dan
op. Ik schopte ze uit en ging op mijn blote voeten verder. Onder
aan de boom bleef ik staan en zong...

Loli phabaj ando khas,
tu tele te peres.
Me sijum panda cikni,
nasti te resav tut.

Dat was het liedje waarmee Alexander mij uit de boomhut had
gelokt. Het verbaasde me dat ik het zo goed kende. Boven mij verscheen zijn lachende gezicht. Hij droeg zijn rode vest met de gouden horlogeketting en zag er veel minder moe uit.
   'Laat naar je kijken, meisje!' riep hij.
   Ik zette de mand op de grond, spreidde mijn armen en draaide in
het rond. Ik voelde mijn rok meezwieren.
   'Je bent een Roma. Fántástísch!' Dát had nog nooit iemand tegen
me gezegd.

We aten en we dronken in het laatste licht van de zon. Die was
rood; de kleur van de liefde, volgens de Dalai Lama. Hij is een wijs
man, die weet dat je regels kunt veranderen. Je merkt, ik begon al
aardig te filosoferen van de bubbeltjeswijn.
   'Alexander...'
   'Noem me Aram.'
   'Aram', zei ik. 'Waar ga je morgen heen?'
   'Naar een plaats waar ik kan uitrusten.'
   We keken naar de zon die onderging achter de donkere bomenrij
aan de andere kant van het kerkhof.

'Afscheid moeten nemen, geeft zo'n verdriet, dat ik wel goedenacht zou willen zeggen tot de dageraad aanbreekt.'

Het was donker geworden. Boven ons fonkelde de sterrenhemel.
'De Grote Beer', wees ik.
'De zigeunerwagen', zei Aram. 'Hij is ons baken als we op reis zijn.'
We zaten in de boomhut. Het laatste restje wijn in de feestglazen bubbelde allang niet meer.
Aram pakte een leren tas en legde hem op de tafel met de kaart van Europa. 'Ik wil je iets geven, er hoort een verhaal bij.' Hij zweeg.
Buiten klonk een dof, brommend geluid. Aram blies de olielamp uit. Het geluid kwam dichterbij. De Zwarte Rijders?
Een schel licht scheen in de boomhut. We keken elkaar aan als twee bange konijnen in de schijnwerpers van een lichtbak voor de loop van een geweer. Toen was het donker en stil. Het leek of zelfs de sterren hun adem inhielden.

 *

---

* Spéra: Gevaar! Man met geweer!

100

4de bedrijf

Dit is een waar schrikbeeld!
Zal ik niet stikken in de grafkamer,
waar geen frisse lucht in kan doordringen,
zodat ik moet sterven, vóórdat Romeo komt?

Julia

een

waarin Aram en ik naar de Zwarte Molen vluchten, ik de Vuur-draak echt ruik en Arams gouden horloge weer gaat lopen...

We zeiden niets en luisterden. De ingang van het kerkhof is 's nachts afgesloten met een ijzeren hek. Ik hoorde gerammel aan het hek, het geluid van brekend glas en een vloek. Aram was naar me toegeschoven en legde zijn hand op mijn schouder. Er klonken stemmen en voetstappen op het grind. De Zwarte Rijders waren over het hek of over de muur geklommen. Wat waren ze van plan? Ik dacht aan Mus en aan het konijn van Treurniet.

Aram kroop naar het raampje aan de achterkant van de hut. Ik keek mee over zijn schouder. Door het bladerdak van de linde zagen we drie donkere gedaanten tussen de graven lopen. Ze liepen achter elkaar, voorop de kleinste met een zaklantaarn en achteraan de langste. De middelste droeg een rugzak. Zo nu en dan scheen het licht van de lantaarn op een grafsteen, alsof ze ergens naar op zoek waren. Ze bleven staan. De middelste deed zijn rugzak af en zette hem op de grond. Hij haalde er een voorwerp uit. Er klonk een zacht, sissend geluid. Het was een spuitbus.

'Hij tekent iets', fluisterde Aram.

Een hakenkruis, dacht ik. Ik wilde opstaan, maar Aram hield mij tegen.

'Wil jij ze hun gang laten gaan?' siste ik. 'Wij moeten iets doen. De mensen van het kerkhof kunnen zichzelf niet verdedigen. Hoe zou jij het vinden als jij daar lag?'

'Misschien zijn ze gewapend.'

'Nou en? Ben je soms bang?'

'Ja. Ze zijn gevaarlijk.'

Het leek alweer voorbij. De middelste stopte de spuitbus in de rugzak en haalde er iets anders uit. Het was een fles waaruit ze om de beurt dronken. Ik keek naar de langste van de drie en dacht aan Klaas, die ik 's middags met twee flessen drank uit de winkel had zien komen.

Ze liepen weg. Even later startten ze hun motoren. Het felle licht van de koplampen scheen in de hut. Toen was het donker, langzaam werd het stil.

Lafaards, dacht ik.

Ik herkende het geluid voor ik het echt hoorde. Het was de Eend! Joost en Meike kwamen thuis.

Het licht van de koplampen drong door tot in de tuin. Ik hoorde de banden knerpen op het grind van de parkeerplaats en het bekende, reutelende afslaan van de motor.

Ik was in paniek. De kleren van de verkleedkist op zolder lagen overhoop. Ik had de keuken niet opgeruimd. De deuren van het huis en het kerkje waren niet op slot.

'Mijn vader en moeder zijn thuisgekomen', zei ik.

'Ik ga weg', zei Aram. 'Dat was ik toch al van plan.'

'Nee. Ik laat je niet gaan', riep ik. 'Wij moeten bij elkaar blijven.'

We liepen door de tuin. Ik zag dat Aram zijn tas had omgehangen. Wat had hij aan mij willen geven?

In het huis ging het licht aan. Eerst beneden, daarna op de slaapverdieping en ten slotte op de zolder.

De keukendeur ging open. Joost kwam naar buiten. Hij scheen met een zaklantaarn in het donker.

Ik trok Aram weer de tuin in.

'Ja hoor!' hoorde ik Joost even later roepen. 'In het atelier zijn ze ook geweest.'

Vlakbij klonk opeens de sirene van een politieauto. Kwam die hierheen? Zo snel al? Waar konden we ons verbergen? Achteraan in de tuin bij de linde stond een dichte struik.

Met gierende banden scheurde de politiewagen de parkeerplaats op. We renden weg van het licht van de koplampen en kropen achter de struik. De sirene zweeg. Twee portieren klapten dicht. Het zwaailicht op het dak verspreidde een schel, blauw licht in de tuin. Waarom verstop ik me voor mijn eigen vader en moeder? dacht ik. Toch bleef ik zitten.

Joost en Meike kwamen met twee agenten de tuin in. Het licht van de zaklantaarn wees voor ze uit. Halverwege bleven ze staan. 'Kijk nou, Meike!' riep Joost. 'Een van de Assepoestermuiltjes!' Ik zag dat Joost de schoen opraapte.

Ze liepen verder. Onderaan bij de linde bleven ze staan.

'Wat fijn dat u er zo snel bent', zei Meike.

'Wij zijn zeer alert dezer dagen', zei een van de agenten. 'We ontvingen al eerder bericht over motoren bij het kerkhof.'

'Rivierenland is Rivierenland niet meer', zei de ander. Hij was een stuk ouder. 'Eerst die dame van het snoepwinkeltje en vandaag hebben ze het schoolkonijn van de Waterlelie op beestachtige wijze afgemaakt.'

'Wat erg voor die arme meneer Treurniet', zei Meike.

'Was het de motorbende van de Zwarte Rijders?' vroeg Joost.

'Kan', antwoordde de agent. 'Maar er zijn ook een oude vrouw en een jonge knul in het dorp gesignaleerd. En een paar dagen geleden was er een oude vent. Vermoedelijk zigeuners uit Oost-Europa. Misschien een bende. We zouden het drietal graag aan de tand voelen. De vrouw en de jongen verplaatsten zich op een ouderwetse, witte damesfiets. Mogelijk waren ze vermomd.'

'Lotte heeft een ouderwetse witte damesfiets', zei Meike.

'Lotte?' vroeg de jonge agent.

'Onze dochter', antwoordde Joost. 'Ze is met haar vriendje op vakantie.' Hij draaide het rode muiltje om en om.

Ik was vier. Meike en ik hadden de schoenen samen gekocht. Ze waren voor het bruiloftsfeest van vrienden. Ik vond ze prachtig.

'Assepoestermuiltjes', had Joost gelachen toen hij ze zag. Hij pakte er een uit de doos en draaide hem rond in zijn handen.

'Ik ben de prins', zei hij. 'Ik heb dit muiltje gevonden op de marmeren trappen van mijn paleis. Wie van de dames wil het passen?'

'Ik!' riep ik.

Joost knielde en paste mij het muiltje. Mijn voet ging er tweemaal in.

'Je bent nog te jong', zei Joost ernstig. 'Maar er komt een dag dat ze passen aan de voeten van het mooiste en het liefste meisje van de hele wereld.'

'Zin in koffie, heren?' vroeg Meike. Joost en Meike en de agenten liepen terug naar het huis. Hun stemmen stierven weg. Aram en ik konden hier niet blijven. Straks zouden ze ons nog beschuldigen. We hadden niet eens een alibi.

'Waar hadden ze het over?' vroeg Aram.

'Ik heb niet meer gehoord dan jij.'

'Ik versta geen Nederlands.'

'Het is hier niet veilig voor ons', zei ik. 'Wij gaan naar de Zwarte Molen. Morgen zien we verder.'

We slopen langs het huis. De agenten en mijn ouders zaten om de tafel in de keuken. Het was vanaf ons huis een halfuur lopen.

Daaf en ik zaten in groep vier toen we voor de eerste keer in de molen kwamen. We kenden elkaar pas een paar weken. Het was op een woensdagmiddag in de winter.

Het schemerde al. We hadden met zijn tweeën een schaatstocht gemaakt. Een uur heen, een uur terug, had Daaf berekend. Maar dat klopte niet. Op de terugweg was een gure tegenwind opgestoken. En toen we bij onze fietsen kwamen, begon het te sneeuwen.

'We moeten ergens schuilen', riep Daaf tegen de sneeuw en de wind in. 'We zijn vlak bij de Zwarte Molen. Of vind je dat eng?'

'Hah!' schreeuwde ik terug. Wat dacht dat jochie wel?

We zetten onze fietsen tegen het hek en klommen eroverheen. We trapten twee planken weg. Door het gat kropen we naar binnen. In de molen was het niet warm, maar wel droog. Daarna werd de molen onze geheime speelplek. Niemand is er ooit achtergekomen. Niemand zou Aram en mij hier zoeken. Alleen Daaf, maar die was in Israël.

Het laatste halfjaar waren we niet meer in de molen geweest. Ik bedacht dat we onder een losse vloerplank kaarsen en lucifers hadden verstopt. Dat kwam goed van pas. Aram en ik hoefden niet in het donker te zitten. En koud was het ook niet. Ik dacht opnieuw aan Daaf. Als hij er was, zou de Zwarte Molen de eerste plaats zijn waar hij me kwam zoeken.

We stonden voor het hek. Aram hoestte.

'Gaat het?' vroeg ik.

Aram glimlachte, maar ik zag dat hij pijn had. Hij wreef met zijn hand over zijn borst. Hij moet naar een dokter, dacht ik.

Ik kroop als eerste door het gat dat we in het hek hadden gemaakt. 'Daaf en ik hebben lucifers en kaarsen onder een van de vloerplanken verborgen', zei ik. 'Ik hoop dat ze er nog zijn.'

Ze waren er. Ik stak een kaars aan en liep ermee de molen in. Opeens bleef ik staan.

'Is er iets?' vroeg Aram zacht.

'Ik weet het niet', fluisterde ik. 'We moeten heel stil zijn.' Ik durfde niet te zeggen dat ik aan de Vuurdraak dacht. Ik kon hem zelfs ruiken!

Ik scheen met de kaars in het rond, eerst over de grond en daarna langs de muren. Ik deinsde terug. Aan de muur hing een bloedrode vlag met in het midden een witte cirkel met een zwart hakenkruis.

'Kijk', fluisterde Aram. Hij stuurde mijn bevende hand verder langs de muur. We zagen een plattegrond van het dorp en de omgeving. Op de kaart waren portretfoto's geplakt. Ik zag Mus, en Treurniet, en Ida en Daaf en Inkie en Maurits. Ik zag meneer Lin van het Chinese restaurant en Mehmet en Edife van de Grote Bazaar met hun kinderen. Ik zag juf Hajar. En ik zag een grafsteen op het kerkhof.

'Laat het niet waar zijn', fluisterde Aram.

Het was wel waar. De molen was het hoofdkwartier van de Zwarte Rijders. Er stonden drie veldbedden met slaapzakken en er was sterkedrank; wel tien flessen.

Aram hoestte, hij zag er erg moe uit.

'Je moet uitrusten', zei ik. 'Vannacht blijven we hier. Morgen sta ik vroeg op. Ik ga naar het politiebureau om ze aan te geven.'

Aram hoestte weer. 'Dit is onze laatste nacht', zei hij. 'We mogen niet droevig zijn. Veel mensen krijgen geen laatste nacht. Laten we een fles openmaken.'

Ik vond het geen goed idee, maar toch maakte ik de fles open. 'Dit is hartstikke slecht voor je', zei ik nijdig.

Aram glimlachte naar me. Hij dronk en hoestte.

'Hoe komt het dat jij de oorlog hebt overleefd?' vroeg ik.

'We werden aangehouden door een bende Pijlkruisers*. Duivels waren dat. Het was een spel voor ze om op ons te jagen. Niemand beschermde ons. We waren machteloos. Ze konden met ons doen wat ze wilden.' Hij zweeg even en hoestte. 'Mij lieten ze gaan, nadat ze mijn ouders voor mijn ogen doodschoten. Mijn moeder was in verwachting.'

Aram haalde het gouden horloge uit zijn vestzak. Hij nam het in zijn hand en keek ernaar. 'Dit was het horloge van mijn vader. Op de ochtend van zijn dood beloofde hij me dat ik het zou erven. "Ooit zal het van jou zijn, jongen", zei hij. "Laat het nooit stilstaan." Een paar uur later stond het stil. Voorgoed.'

Aram dronk en ik zat bij hem.

'Je denkt aan Daaf', zei hij.

'Ja', zei ik.

Hij nam een slok.

'Ik ben blij dat ik jou heb ontmoet', zei ik.

'Ja', zei Aram.

Zo bleven we zitten, samen, zonder woorden. Toen de fles leeg

---

* Pijlkruisers: Hongaarse nazi's. Ze werden zo genoemd omdat hun teken een kruis was, dat werd gevormd door vier pijlen.

was, liet Aram hem uit zijn handen vallen en ging liggen. Ik pakte de slaapzak en streek een lok haar van zijn bezwete voorhoofd.

'Zsófi', fluisterde hij.

Voor ik hem toedekte, nam ik het horloge in mijn hand. De secondewijzer bewoog! Het horloge liep weer. Ik stopte het snel terug en dekte Aram toe. Daarna kroop ik naar mijn eigen bed en ging liggen. De kaars liet ik branden om ons te beschermen tegen de Vuurdraak. Ik rook hem echt. Hij was hier, in de Zwarte Molen. In de verte sloeg de kerkklok van het dorp twaalfmaal.

❧ twee ❧

waarin we worden overvallen, met onze handen aan elkaar worden vastgebonden en één van de Zwarte Rijders een bekentenis aflegt...

Midden in de nacht schrok ik wakker. Ik schoot overeind, Aram snurkte als een os. Ik grinnikte. Het was niet zo gek dat ik daarvan wakker was geworden.

Ik hoorde iets in de molen. Het klonk als gefluister of verbeeldde ik het me? Moest ik Aram wekken? Op hetzelfde ogenblik werd ik verblind door het licht van een zaklantaarn.

'Liggen blijven!' snauwde een stem.

Achter de schijnwerper zag ik de omtrekken van drie gestalten. De Zwarte Rijders, flitste het door mijn hoofd. Ze droegen alle drie een bivakmuts. Ik zag alleen hun ogen. De langste had een geweer in zijn handen.

Aram snurkte nog steeds.

'Houd haar onder schot, Valk', zei degene die me had toegesnauwd. 'Sperwer, jij maakt die andere wakker.'

'Ja, Arend.'

Gek genoeg was ik na de eerste schrik niet bang meer en kon ik helder denken. De Zwarte Rijders hadden jonge stemmen. En ze gebruikten de namen van roofvogels: Arend, Valk, Sperwer. Arend was de leider.

Sperwer was op Aram afgestapt en porde met de lange zaklantaarn in zijn zij. Aram kreunde en draaide zich om.

'Wakker worden!' schreeuwde Sperwer. 'Wakker worden, zeg ik!' Hij schudde aan Arams arm. Die werd wakker en keek verdwaasd om zich heen.

Ik moest hem geruststellen. 'Niet bang zijn', riep ik. 'Ze bluffen. Ze durven ons niets te doen.' Ik riep het, maar ik was er helemaal niet zeker van. De Zwarte Rijders hadden Mus mishandeld en

110

Snuffel doodgeslagen. Ze hadden een grafsteen beklad. Het was tuig.

Arend kwam voor mij staan. 'Nederlands spreken!' snauwde hij.

Ik sprak toch Nederlands? Of niet? Ik wist het zelf niet meer.

'Zet ze naast elkaar', beval Arend.

Sperwer boog zich over me heen en greep me bij mijn arm. Hij stonk naar zweet en sterkedrank. Hij sleepte me naar Arams bed. Mijn voet raakte de fles die Aram uit zijn handen had laten vallen. Hij rolde over de vloer. Sperwer liet me naast Aram op het bed ploffen. 'Zitten, zeg ik.'

'Zodra je de kans krijgt, ren je weg', zei Aram. 'Aarzel geen moment. Bekommer je niet om mij.'

'Laatste keer', riep Arend. 'Nederlands spreken!' Hij hief dreigend zijn hand op.

'Hij kan geen Nederlands spreken', zei ik. 'Hij is een Roma, een zigeuner.'

'Een zigeuner', herhaalde Arend langzaam. 'Horen jullie dat?'

Opeens was ik bang. Ik had verraden dat Aram een zigeuner was. De Zwarte Rijders hielden niet van joden en van buitenlanders. Wat zouden ze met Aram doen, nu ze wisten dat hij een zigeuner was? Ik moest hun aandacht afleiden.

'Ik weet alles van jullie!' riep ik. 'Jullie hebben ingebroken in de Turkse supermarkt. Jullie hebben de ruiten van het Chinese restaurant ingegooid. Jullie hebben Mus mishandeld en het konijn van de school vermoord. En jullie zijn vannacht op het kerkhof geweest. De politie is jullie op het spoor.'

'Bek houden, trut!' Arend sloeg mij in mijn gezicht.

Aram sprong overeind en greep Arend met twee handen bij zijn keel. 'Lafaard!' Sperwer sloeg hem neer met de achterkant van de lantaarn. Zonder een kik te geven zakte Aram in elkaar.

Arend voelde aan zijn keel. 'Ouwe teringlijer.' Hij kuchte. 'Valk, houd die meid onder schot.' Hij keek naar Aram, die op de grond lag, en spuugde naar hem. 'Jou krijg ik later nog wel.'

'Durven jullie wel tegen een oude man!' schreeuwde ik. Ik knielde bij Aram en tilde zijn hoofd op. Hij keek me aan en glimlachte. 'Zsófi', mompelde hij.

Op een paar plaatsen in de molen hadden de Zwarte Rijders kaarsen aangestoken. Het licht van de vlammen flakkerde over de verweerde muren. Zo nu en dan hoorde ik het geritsel van de fluisterende stemmen van de Zwarte Rijders. Ik kon niet verstaan wat ze zeiden. Na een tijdje werd het stil. Sliepen ze?

Buiten werd het licht. Aram en ik zaten met onze ruggen tegen elkaar. Ze hadden onze handen aan elkaar vastgebonden en onze monden afgeplakt. We konden elkaar niet zien en we konden ook niet praten. We konden elkaar alleen voelen.

twee handen om te grijpen
en verre vingers tien...

We pakten elkaars handen vast, onze vingers grepen in elkaar.

Ik zag Cecilia komen
op een zomernacht
aan haar rechterhand is Hansje
aan haar linkerhand is Grietje
Hansje heeft een rozenkransje
Grietje een vergeet-mij-nietje
de menseneter heeft ze niet gegeten...

Ik had dit het stomste en kinderachtigste gedicht van de wereld genoemd, maar het sprak de waarheid. De menseneter bestond. Het was de Vuurdraak. Hij was in de molen. Ik keek naar het touw om mijn voeten. In de verte rammelde een trein voorbij.

Niet bang zijn. Het was geen stem die sprak, maar een gevoel. Het was Aram. Sprak hij met zijn handen? Ik pakte zijn vingers steviger beet.

Niet bang zijn. We komen hier samen uit.

Waarom maak je jezelf niet los?

Te gevaarlijk. We moeten afwachten en moed houden.

Mijn hele lijf tintelde van opwinding. Ik begreep niet hoe het mogelijk was, maar Aram en ik konden samen denken.

Ik schrok wakker van een kuchje en keek omhoog. Ik was ingedommeld. Hoe lang had ik geslapen? De leider van de Zwarte Rijders keek op mij neer. Zijn stem klonk schor. Aram had hem flink te pakken gehad. Net goed!

'Sperwer en ik gaan. Valk zal jullie bewaken. Ik heb hem bevolen meteen te schieten als jullie proberen te vluchten. Vanavond komen we terug. Dan beslis ik over jullie lot.'

Het klonk belachelijk, maar dat is het niet als je zelf machteloos bent.

'Als je ze zat bent, zet je ze de roetkap op', hoorde ik Arend zeggen. Ik had geen flauw idee wat een roetkap was, maar het klonk niet prettig.

Ik hoorde ze weglopen en hun motoren starten. We waren alleen met Valk. Ik moest iets proberen als ik de kans kreeg.

De kerkklok had net driemaal geslagen. Tegenover mij was een klein raam. Het glas was grijs van het vuil en het stof. Het daglicht drong er nauwelijks doorheen.

Ik dacht eerst dat het door de honger kwam. Ik rook soep! Er was echt soep. Kippensoep. De lange Zwarte Rijder stond voor me met een kleine kom. De damp sloeg ervanaf. Hij zette de kom op de grond en knielde. Ik keek naar zijn hoge, zwarte schoenen. Een van de veters was losgegaan. Hij trok het plakband voor mijn mond weg en we keken elkaar aan.

Praat met hem.

De Zwarte Rijder voerde mij de soep. Ik bleef hem strak aankijken. Het was Klaas, ik wist het zeker.

Praat met hem!

'Ik ken jou', zei ik.

Ik zag aan zijn ogen dat hij schrok.

'Jij bent Klaas.'

Hij schudde zijn hoofd.

'Jawel, jij bent Daafs buurjongen.'

Hij draaide zijn hoofd weg. 'Niet waar', mompelde hij.

'Jawel', zei ik. 'Ik zag het aan je ogen. Ik hoor het aan je stem.' Ik wachtte even. 'Jij paste vroeger op Inkie en Maurits. Je hebt ze naar bed gebracht. Je hebt ze getroost toen ze bang waren in het donker. En nu wil je ze kwaad doen. Waarom?'

Hij trok zijn bivakmuts van zijn hoofd. Het wás Klaas. 'Hij is gek', zei hij. 'Maar als ik ermee kap, maakt hij me dood.'

Ik voelde Arams handen. Hij verstond geen woord van wat Klaas en ik zeiden, maar ik wist dat ik er niet alleen voor stond.

'Bevrijd ons. Dan gaan we samen naar de politie. Ik zal zeggen dat jij ons hebt geholpen.'

'Hij heeft mij in zijn macht. Ik ben Berend, ik bedoel Arend, geld schuldig. Heel veel geld.'

'Hoe ken je hem?'

'Van school. Hij zat twee jaar hoger dan ik. Ik kende hem nauwelijks. Zijn vader heeft een grote garage met terreinwagens en motoren, net buiten het dorp. Driekwart jaar geleden stond hij opeens bij ons voor de deur. Hij was gestopt met studeren. "Boeit me niet. Allemaal gezeik, man. Ik werk nu bij mijn vader." Berend vroeg of ik zin had om wat bij te verdienen in de garage. Ik ben nogal handig, weet je.' Klaas glimlachte verlegen. Ik dacht aan de kickboksvoorstelling die hij in de keuken had gegeven. Klaas was niet slecht.

'Ik ging in de garage werken. Berend was er de baas. Zijn vader was er bijna nooit. Er ging heel veel geld om, zwart geld, bedoel ik. Berend betaalde mij goed. Op een dag vroeg hij waarom ik nog steeds op zo'n kinderachtig brommertje reed. Waarom kocht ik geen echte motor? Ik zei dat ik daar het geld niet voor had. Hij kon het mij lenen, zei hij.'

Ik keek Klaas aan. Hij keek weg.

'We werden bevriend. Ik kwam vaak bij hem op zijn kamer. Berend had een kast vol boeken over de Tweede Wereldoorlog. Hij kende hele stukken uit zijn hoofd. Zelfs toespraken en zo. Het interesseerde me eigenlijk geen donder, maar dat zei ik niet. Ik had die motor van hem gekregen. Berend had altijd drank en zo. Hij nam me mee naar de schietvereniging van zijn vader en ik mocht op kickboksen. Ik hoefde nergens voor te betalen. "Dat komt wel een keer", zei hij. Op een dag vroeg hij of ik zin had in een beetje loltrappen. Zomaar. Ik vond het wel spannend.'

'De overval op de Grote Bazaar.'

'Ik besefte niet dat de eigenaar een Turk was.'

'En zeker ook niet dat de eigenaar van het restaurant een Chinees was.'

'Dat wel, maar...'

'En Mus van het snoepwinkeltje?'

'Zij moest betalen. Berend had gedreigd dat we haar winkeltje in brand zouden steken. Ze probeerde ons te bedriegen. Ze moest vijfhonderd euro betalen, maar ze gaf ons maar negen briefjes. Ze had een lesje nodig, zei Berend.'

Ik zweeg en dacht aan het briefje dat ik uit het geldkistje had gepakt.

Doorgaan!

'En wat zei jij?'

'Ik?'

'Ja, jij.'

Klaas haalde zijn schouders op.

Doorgaan, doorgaan...

'En het konijn?'

'Guido moest bewijzen dat hij op bevel kon doden. Hij werkt ook in de garage. Guido is een beetje simpel, maar erg sterk. Hij doet alles wat Berend zegt.'

Ik dacht aan de zevenmijlslaarzen van de reus uit *Klein Duimpje*. 'En jij?' vroeg ik. 'Bevrijd ons. Laten we weglopen.'

Klaas keek mij aan. Hij was bang, zag ik. 'Er zal jullie niets overkomen als jullie je rustig houden.'

'Lafaard!' riep ik. Dat was stom.

'Houd je bek!' schreeuwde Klaas. 'Als je niet ophoudt, krijg je de roetkap.'

'Doe maar!'

Hij deed het niet, maar hij plakte wel mijn mond af. En hij zette zijn bivakmuts weer op. Ik heb het verpest, dacht ik.

Moed houden, seinde Aram.

Klaas voerde Aram soep. Ze spraken geen woord.

Het laatste deel van de middag ging voorbij zonder dat er iets opvallends gebeurde. Het was alsof we in een wachtkamer zaten. Een paar keer seinden Aram en ik met elkaar. Ik verbaasde mij er al niet meer over.

Voor het weer donker werd, gebeurde er toch nog iets. Klaas liep met een emmer water naar het venster en begon het glas met een doek schoon te poetsen. Ik keek in het rode licht van de ondergaande zon en dacht aan de Vuurdraak.

Moed houden! dachten we tegelijk.

-֍ drie ֎-

waarin Aram en ik moed houden, Daaf het opneemt tegen de
Zwarte Rijders en de molen brandt in de nacht...

Het was donker buiten. Ik hoorde de zware motor van een terrein-
wagen. Klaas liep naar het kleine venster.
'Daar zijn ze', zei hij. 'Daag hem alsjeblieft niet uit. Houd je koest.'
Arend en Sperwer kwamen binnen. Sperwer droeg twee jerry-
cans. Arend had handschoenen aan.
'Hoe ging het?' vroeg hij.
'Goed.'
'Last gehad?'
'Nee. Helemaal niet. Echt niet.'
Sperwer zette de jerrycans op de grond.
'Waar is die benzine voor?' Ik hoorde angst in Klaas' stem.
'We steken de molen in de fik, met al het bewijsmateriaal erbij',
zei Arend.
Klaas wees naar ons. 'En zij dan?'
'Wie?' vroeg Arend.
'Het meisje en de oude man. Wat doen we met ze?'
Arend keek verbaasd om zich heen, alsof hij iets zocht. 'Zie jij
een meisje en een oude man, Sperwer?'
Sperwer lachte stompzinnig.
Klaas zweeg.
'We voeren de executie exact om middernacht uit', zei Arend.
'Het zal hier branden als de hel.'
'Hihi', lachte Sperwer. 'De hel.'
De Vuurdraak, dacht ik.
Moed houden!
Het touw gleed van mijn polsen. Het was geen illusie, Aram had
onze handen bevrijd. Hoog boven ons klonk het gebrom van een
vliegtuig.

117

Het laatste uur van de dag was bijna voorbij. Om twaalf uur zou de Vuurdraak ons verslinden. Ik keek naar het kleine, zwarte venster. Er was niemand die wist dat wij hier zaten.

Niemand?

Daar naderde, dansend als een vuurvliegje, in de verte een lichtje. Mijn hart kromp ineen. Ik was bang, maar niet om mijzelf. Dit was het antwoord op de vraag die Aram mij gisteren had gesteld. Ik was in nood en Daaf kwam mij redden, met gevaar voor zijn eigen leven.

Vertrouw op hem.

Daaf is pas elf, dacht ik.

Hij houdt zielsveel van je.

De Zwarte Rijders hadden alles wat brandbaar was verzameld, opgestapeld en afgedekt met de vlag met het hakenkruis.

Naast de brandstapel stond Arend met een brandende tuinfakkel in zijn hand. 'Benzine!' beval hij.

Sperwer goot de jerrycan over de vlag. De benzine lekte op de grond. Klaas stond erbij en keek ernaar.

Als hij het zou durven, zou hij wegrennen, dacht ik.

'Nu jij, Valk. Kom hier!'

'Waarom?'

Arend wees eerst naar ons en daarna naar de tweede jerrycan. 'Omdat jij de benzine over hen heen gaat gieten.'

'Nee!' riep Klaas. 'Dat doe ik niet.'

'Jij hebt de eed van trouw afgelegd, Valk.' Arends stem klonk dreigend. 'Dit is een bevel. Je moet mij gehoorzamen. Ik ben je leider.'

'Nee!'

'Laffe hond!' Het licht van de vlam flakkerde in de witte cirkel met het zwarte kruis. 'Ongehoorzaamheid zal zwaar worden bestraft. Sperwer, giet benzine over die twee.'

Sperwer pakte de jerrycan, draaide de dop eraf en kwam op ons af.

'Stop!' Op de vliering stond Daaf, met zijn katapult gericht op Sperwer.

Een paar tellen was Arend met stomheid geslagen, maar hij herstelde zich. 'Valk, schiet die klotesmous neer.'

'Nee!'

'Het is een bevel!'

Klaas rukte de bivakmuts van zijn hoofd. Het geweer kletterde op de grond. 'Ik kap ermee! Jij bent gek!'

Sperwer zette een stap in de richting van het geweer. Daaf schoot en raakte Sperwers hand. Met een schreeuw van pijn liet hij de jerrycan vallen. De benzine stroomde over de grond.

'De volgende steen schiet ik naar je kop', zei Daaf. 'Ik mis nooit.'

'De smous heeft me geraakt, Berend', huilde Sperwer. 'Ik ben gewond. Het doet pijn.'

Ik rook de benzinelucht. De vlam van de fakkel weerspiegelde in de donkere plas die zich om ons heen vormde. De Vuurdraak hield zijn adem in om toe te slaan en ons te verslinden.

Red ons, dacht ik.

Arend stond met de fakkel bij de brandstapel en Daaf met zijn katapult op de vliering.

'Nu!' schreeuwde Aram. Hij had het plakband voor zijn mond weggetrokken.

Misschien raakte Arend in paniek door Arams vrijheidsschreeuw. De fakkel raakte de met benzine doordrenkte vlag. Een steekvlam schoot omhoog. Op hetzelfde moment zag ik Daaf aan een touw van de vliering naar beneden slingeren.

'Genade!' gilde Arend. De brandstapel brandde. Ik rukte vergeefs aan het touw om mijn enkels.

'Klaas!' schreeuwde Daaf. 'Klaas, help ons!' Aram boog zich over mij heen en bevrijdde me in een handomdraai. Daaf en Klaas hielpen me opstaan. 'Weg van hier!' gilde Daaf.

Arend en Sperwer vluchtten voor ons uit. Zij waren geen Zwarte Rijders meer, maar twee bange jongens op de vlucht voor de Vuurdraak die ze zelf hadden gewekt.

De benzineplas ontvlamde. Een dikke, vette stank benam ons de adem. We vonden de uitgang en kropen door het gat in het hek. Ik hoorde de motor van de terreinwagen en daarbovenuit de gillende sirenes van naderende politieauto's.

De rode gloed van de brandende molen verlichtte de nacht. Wij waren aan de Vuurdraak ontsnapt. *De menseneter had ons niet gegeten.*

Rood is de kleur van het vuur, dacht ik. Het is ook de kleur van de liefde. Ik hoef er niet bang voor te zijn, voor allebei niet. Ik voelde Daafs arm om mijn schouder.

 *

---

*   Spéra: Hier is het veilig.

5de bedrijf

Hier wil ik kiezen voor de eeuwige rust,
mijn ongelukkig gesternte afschudden
en ook mijn lichaam, het leven moe.
Aanvaard mijn laatste omhelzing, mijn lief!

Romeo

∼⁊ een ⁊∼

waarin chob moire *en* jamaro kher, *Romeo geen zelfmoord*
pleegt en onze oude Eend voor ziekenauto speelt...

De terreinwagen was de politieauto's tegemoet gereden. De twee
Zwarte Rijders hadden zich niet verzet bij hun arrestatie. Toen de
politie even later bij de molen aankwam, gaf Klaas zichzelf aan.
Het was een enorme heisa met politie-, zieken- en brandweerwa-
gens. En de Eend natuurlijk, met Joost, Meike, Ida en Maurits en
Inkie.
Daaf vertelde dat hij in Israël steeds sterker het gevoel kreeg dat
er iets mis was. Hij had Ida ervan overtuigd dat ze terug moesten
naar Nederland. Een paar uur voor de brand waren ze geland op
Schiphol. Ze waren rechtstreeks naar Joost en Meike gereden. Die
hadden de politie gebeld.
Daaf had hun komst niet afgewacht. Het was bijna twaalf uur. Hij
zei dat hij naar het toilet moest. Op het deksel van de wc liet hij
een briefje achter met *Zwarte Molen*. Joost vond het toen hij kwam
kijken waar Daaf bleef. Hij rende naar buiten en zag dat mijn fiets
weg was. De klok van het kerkje sloeg twaalfmaal.
Joost belde opnieuw de politie en vertelde wat er aan de hand
was. Daarna sprongen hij, Meike, Ida en de kinderen in de Eend en
raceten naar de molen. Onderweg werden ze ingehaald door drie
politiewagens met gillende sirenes.

Aram en ik waren beroemd en Daaf was een held. Ons avontuur
stond in alle kranten. Het kwam zelfs op het journaal. Het is gek
als je je eigen gezicht op de tv ziet. Na een paar dagen was het
voorbij, tenminste dat het nieuws was.
De dag na onze redding was Joost naar me toe gekomen. 'Ik wil
je iets vragen. Mag dat?'
Ik knikte.

'Waarom bleef je thuis?'

'Het moest.'

'Verwachtte je Aram?'

'Ik weet het niet. Misschien. Ik geloof van wel.'

'Hoe wist je dat je hem kon vertrouwen?'

'Dat wist ik toen ik hem zag.'

'Raar, hè?'

'Ja', zei ik. 'Het was alsof ik in een andere wereld terechtkwam.'

Joost knikte.

Dat was alles. Meike knuffelde me vaak. Daaf vroeg niets. En ik vroeg hem niets.

Daaf ging met mij mee naar Mus. Ze was thuis, maar haar winkeltje was gesloten. Ze zat in de achterkamer. 'Chob moire', zei ze. Ik gaf haar het briefje van vijftig euro. 'Het is niet hetzelfde geld', zei ik. 'Maar het is mijn eigen spaargeld.'

Ik zag dat Mus bijna moest huilen. En daardoor moest ik echt huilen. Ze sloeg haar armen om mij heen en troostte me met lieve woordjes die ik niet verstond. Ze sprak een andere taal, maar ik voelde dat ze het me vergaf.

'Weet jij wat chob moire betekent?' vroeg ik aan Daaf toen we buiten stonden.

Hij knikte. 'Het is Jiddisj*. Mijn oma zegt het ook wel eens. Het betekent: "Ik ben bang".'

En toen moest ik weer huilen, om Mus en om mezelf.

Klaas werd na een paar dagen vrijgelaten. Dat betekende niet dat hij er vanaf was. Er komt een rechtszaak en hij is een van de verdachten. *De achttienjarige K.D.* wordt hij in de krant genoemd. De anderen twee heten B.S. en G.K.

---

* Jiddisj of Mame-Loschen (Moedertaal): de taal die voor de Tweede Wereldoorlog door veel joden in Oost-Europa werd gesproken.

Aram logeerde bij ons. Hij sprak Engels, op zijn Amerikaans, met Joost en Meike en ook met Daaf. Ik ben slecht in Engels.

'Maar hoe wist je dan wat Aram zei?' vroeg Meike.

'Gewoon', zei ik.

'Jij kunt hem verstaan, hè?' zei Daaf later toen we alleen waren.

'Ja', zei ik.

'Supergaaf.'

We lachten.

In al die drukte gingen de voorbereidingen voor de openlucht-voorstelling van Romeo & Julia gewoon door. Aram en Daaf hielpen Joost met het vervolmaken van het decor. Het werd opgesteld op de open plek in het bos. Ik vond het leuk om erbij te zitten en te kijken hoe ze met z'n drieën samenwerkten. Ik maakte me wel zorgen om Aram. Hij hoestte veel en als hij even ging zitten, zag hij er moe uit.

Het was de avond van de opvoering. Het was al een paar dagen erg warm. De weerman op de tv had het over een hittegolf en zei dat er kans was op onweer.

Het was al bijna donker op de open plek in het bos. Het publiek zat in een halve kring om het podium met het decor van Joost. Tijdens de voorstelling zou het draaien en golven. Nu leek het op een enorme witte tent. Voor het podium stonden vuurkorven. Ik rook het houtvuur en het zomerbos.

'Jamaro kher', zei Aram. 'Thuis.' Ik knikte.

Wij zaten op de eerste rij. Ik zat tussen Aram en Mus in. Naast Mus zaten Ida en Maurits en Inkie. Klaas was er ook. Dat was dapper van hem. Hij zat een paar rijen achter ons, samen met zijn ouders. Naast Aram zat juf Hajar en daarnaast meneer Treurniet. Hij droeg een gebloemd vestje en een vlinderstrikje. Het stond hem leuk. Ik dacht aan het witte konijn.

Daaf hielp Joost met het decor, het licht en het geluid. Hij zwaaide een paar keer naar me. Ik zag dat hij ook naar Hajar zwaaide. En zij naar hem.

De opvoering begon. Zo nu en dan merkte ik dat mijn lippen mee bewogen met de tekst die Meike uitsprak. De rol van Romeo werd gespeeld door J. Hildebrand. Hij is de directeur van onze school. Geen kind kende zijn voornaam, tot Patrick op een namensite op internet opzocht wat die J zou kunnen betekenen. 'Jodocus heetie', zei Patrick plechtig. 'Ik zweer het jullie.' Sindsdien noemen wij de directeur Jodocus, maar niet als hij het hoort, natuurlijk.

We waren in het tweede bedrijf. Meike stond op het balkon te filosoferen. *Wat betekent een naam eigenlijk?'* zei ze. *'Wat we een roos noemen, zou met iedere naam even zoet geuren.'*

Nou, dacht ik. Jodocus vind ik toch niet echt een naam voor een minnaar. Hij klom naar boven, pakte Meikes hand vast en riep. *'Schenk me je liefde, wat voor mij zal zijn als een nieuw doopsel: daarna zal ik nooit meer Romeo zijn.'*

'Veel te weinig passie', fluisterde ik tegen Aram. Daar hadden Joost en hij het aan tafel een paar keer over gehad. Volgens mij zei Joost het om Meike te plagen en ook een beetje omdat hij jaloers was.

'Ssst!' siste Hajar. Die dacht zeker dat ze op school zat.

Ik moet toegeven dat Jodocus steeds beter ging spelen. Bij de pauze, aan het eind van het derde bedrijf, was er veel applaus.

Dat van dat onweer zou best wel eens kunnen kloppen. Het was benauwd en drukkend weer. Aram stond te praten met Mus. Ze lachten, maar hij zag er erg moe uit. Tijdens de voorstelling had hij een paar maal zijn zakdoek tegen zijn mond gedrukt om het hoesten te onderdrukken.

Save the last dance for me, mmmm-hummmm
Save the last dance for me, mmmm...

Joost had *Save the last dance for me* opgezet. Ik keek naar Aram. *Chob moire*, dacht ik, zonder dat ik wist waarom.

126

De voorstelling ging verder. Het vierde bedrijf begon met een gesprek tussen Julia en de monnik. Ze smeekte hem om hulp. Julia had een groot mes in haar hand en riep: 'Ik verlang naar de dood, als u me geen oplossing kunt bieden.'

De monnik probeerde haar te kalmeren, maar toen hij merkte dat Julia het meende, gaf hij haar een flesje met vergif. Ik keek naar Aram. Zijn hand streek over zijn voorhoofd. *Chob moire.* Opeens wist ik waarom ik bang was. Het flesje! Aram had het mij laten zien toen ik hem vroeg of hij geen medicijnen had. *Een medicijn dat een eind maakt aan alle pijn,* had hij het genoemd. Er zat vergif in!

Op het toneel hoorde Romeo dat Julia dood was. Hij wist niet dat zij schijndood was en wilde zelfmoord plegen. 'Ik zal jullie trotseren, o sterren!'

Ik keek naar de witte lappen. Ze waren als de zeilen van een schip dat klaar was om uit te varen voor een reis naar een ver en onbekend land.

Ik pakte Arams hand en hield hem stevig vast. Hij glimlachte en knipoogde naar me, maar zijn hand voelde klam aan. *Chob moire.*

Romeo vertrok naar Julia's graf om zelfmoord te plegen. Ik herinnerde mij wat Aram tegen mij had gezegd nadat hij mij het flesje had laten zien. 'Vanavond zijn wij voor het laatst samen. Morgenochtend vertrek ik. Laten we ons afscheid vieren met een feest.'

Sla je arm dus om mij heen.

Romeo hield Julia's lichaam in zijn armen en kuste haar. Daarna goot hij het gif in een beker en riep: 'Op mijn ware en enige liefde!'

Aram liet mijn hand los. Hij zakte voorover, gleed van de stoel en bleef op de grond liggen. Ik gilde om mijn moeder.

Aram was bijgebracht en zat op zijn stoel. Meike zat naast hem, haar arm om zijn schouder. Ze keek bezorgd.

'Misschien komt het door het drukkende weer dat hij is flauwgevallen', zei Joost tegen Meike. 'Het is zo benauwd.'

Meike schudde haar hoofd. 'Hij moet dringend naar het ziekenhuis.' Ze stond op. 'Heeft iemand een mobiele telefoon bij zich?'

Dat was een goede vraag. Onder aan de toegangskaart stond met hoofdletters: *MOBIELTJES THUISLATEN A.U.B.*

'We brengen Aram met de Eend naar het ziekenhuis', zei Joost. 'Een andere auto is er niet. Iedereen is lopend of met de fiets naar het bos gekomen.'

We raceten naar het ziekenhuis. Aram zat voorin naast Joost. Meike, Daaf en ik zaten in de achterbak. Toen we bij het ziekenhuis aankwamen, liepen we meteen door naar de opname-afdeling. Meike ging mee de onderzoekskamer in. Joost, Daaf en ik bleven op de gang wachten. Het duurde lang.

'Dit is de eerste opvoering van Romeo en Julia met een happy end', zei Joost.

'Hoezo?' Ik begreep hem niet.

'Julia ontwaakt op tijd uit haar schijndood. Romeo pleegt géén zelfmoord. Ze trouwen en leven nog lang en gelukkig.'

De deur van de onderzoekskamer ging open. Aram kwam naar buiten. Hij zat rechtop in een groot, wit bed op wielen, dat werd voortgeduwd door een verpleegster. Nu pas viel het me op dat Meike haar Juliakleren droeg. 'We houden hem een nachtje', zei ze. Aram lachte en zwaaide naar ons. Hij zag er niet uit als iemand die snel dood zou gaan.

'Die wordt honderd', lachte Joost. Ik wilde hem graag geloven.

In zijn kamer namen we afscheid van Aram.

Joost was de eerste. 'Op zijn Hongaars dan maar', zei hij en hij zoende Aram op zijn wangen.

Aram ging rechtop zitten. 'Ik moet je iets geven, jongen', zei hij tegen Daaf. Hij pakte het gouden horloge van het kastje naast zijn bed en legde het in Daafs hand. 'Bewaar het goed', zei hij. 'Laat het nooit stilstaan.'

Daaf knikte en kuste Aram op zijn wang. Ik zag dat Aram iets in zijn oor fluisterde.

'Morgenochtend komen we terug om te kijken hoe het met je gaat', zei Meike. 'Je hebt ons erg laten schrikken.'

'Het spijt me dat ik de opvoering in de war heb geschopt', zei Aram.

'Geen beter eind dan een open eind', lachte Joost.

Ik sloeg mijn armen om Arams nek. 'Tot morgen', zei ik.

'Altijd Romeo, altijd Julia', fluisterde Aram in mijn oor. 'Schenk hem je hele hart.'

✲ twee ✲

waarin Daaf en ik op de rand van mijn bed zitten, hij een short
met wiekelwakke vlindervleugels draagt en ik niet meer bang
ben in het donker...

We zaten naast elkaar op de rand van mijn bed. Joost en Meike
hadden ons een goede nacht gewenst. Het was stil in huis. Alleen
het nachtlampje brandde.

'Hoe oud waren Romeo en Julia eigenlijk?' vroeg Daaf.

'Julia was dertien,' antwoordde ik, 'dat zegt haar vader in het eerste bedrijf.'

'En Romeo?'

'Vijftien of zestien, denk ik. Hoezo?'

'Zomaar.'

We zwegen.

'Jouw ouders zijn tof', zei Daaf.

'Waarom?'

'Omdat ze ons samen laten slapen.'

'Dat doen we toch al jaren.'

'Nu zijn we verliefd.'

'Nou en?'

Vorig jaar in Italië zijn we bij ons bezoek aan Florence in een schil-
derijenmuseum geweest. Schilderijen zijn mooi, maar niet te lang
achter elkaar. Ik had het na een tijdje wel gezien en Daaf ook. Joost
en Meike konden er geen genoeg van krijgen.

We kwamen in een grote zaal. Daar hingen nog eens twintig
schilderijen. Allemaal meesterwerken, volgens Joost. Nu is het genoeg, dacht ik.

'Waarom zijn de vrouwen op die schilderijen zo blóót', riep ik
om Joost te pesten. Het lukte.

'Er is niks mis met bloot', zei hij. 'Dit is je reinste schoonheid.' Hij liep naar een groot schilderij. Een paar mensen stonden er naar te staren alsof het het enige schilderij op de wereld was. Zo nu en dan knikten ze, of ze fluisterden iets tegen elkaar.

'De geboorte van Venus,' begon Joost, 'de godin van de liefde. Zoals je ziet verrijst ze uit de zee.'

Ik keek naar het schilderij. Op de voorgrond, in het midden, stond een naakte vrouw met lang haar boven op een reusachtige schelp. 'Is ze aan het surfen?' vroeg ik pesterig.

Joost liet zich niet verder uitdagen. 'Die schelp is een mythologisch beeld', zei hij. 'Eigenlijk stelt ze een vagina voor.'

Daaf en ik keken elkaar aan en grinnikten.

'Bingo!' zei Daaf zacht.

'Bingo?' vroeg Joost.

'Bingo', herhaalde ik hardop. 'Patrick uit onze klas zoekt in de middagpauze altijd vieze woorden op in het woordenboek en als hij er eentje vindt, roept hij: "Bingo!"'

'Wat een eikel', zei Joost geërgerd.

'Wij vinden het juist grappig', zei ik. 'Meestal roepen we met de hele klas "bingo!" als Patrick weer een vies woord vindt, hè Daaf?'

Daaf knikte.

'Wat is er in vredesnaam vies aan een vagina?' vroeg Meike.

'Voor jou misschien niets', zei ik. 'Jij bent dokter. Jij zit er de hele dag naar te gluren, maar wij niet.'

'Links op het schilderij', ging Joost verder, 'zie je de gevleugelde god van de wind, met Flora, de godin van de bloemen. Vandaar die neerdwarrelende rozenblaadjes. Als je goed kijkt, herken je in de mantel die de nimf aan de rechterzijde aan Venus aanreikt ook iets van een vagina.'

'Bingo!' riep ik. 'Nog een kut!' Als Joost niet wilde horen, dan moest hij maar voelen.

Een Nederlandse vrouw die het schilderij bewonderde, slaakte een gilletje en hield haar hand voor haar mond. Haar man keek mij nijdig aan.

Ik stak mijn tong naar hem uit.

Daaf grinnikte.

Joost zuchtte.

'Laat maar, Joost', zei Meike. 'Ze zijn er nog niet aan toe.'

'Gelukkig niet', zei ik.

Daaf stond op en schoof het glasgordijn voor het open venster opzij. Hoog boven ons was de sterrenhemel.

Ik keek naar Daafs boxershort. 'Wat heb jij nou aan?' lachte ik.
'Wie zijn die bloterikjes met die vleugeltjes?'

Daaf haalde verlegen zijn schouders op. 'Dat zijn eh... Icarus en zijn
vader. Zijn vader leert hem vliegen om uit het doolhof waarin ze worden gevangengehouden te ontsnappen. Maar Icarus komt te dicht bij
de zon. De was van zijn vleugels smelt en hij stort neer. Maupie heeft
het short in Tel-Aviv voor me gekocht toen hij met mijn tante en Inkie op het strand was. Hij vond het stoer. Staat het erg kinderachtig?'

Ik schudde mijn hoofd. Ik denk dat Daaf het zelf kinderachtig
vond. En toch had hij het aangetrokken, omdat hij het van Maurits
had gekregen. Het was hoog tijd dat ik ook eens wat durfde.

'Het staat je leuk', zei ik. 'Alles wat bij jou hoort, vind ik leuk.'

'Ja, dat is zo', zei Daaf. 'Ik, eh... bedoel natuurlijk: alles wat bij jou
hoort.'

Daaf kwam weer naast me zitten.

'Ik heb het briefje in de Klaagmuur gestopt', zei hij. 'Jij bent de
enige die het weet.'

'Én je vader.'

Daaf grinnikte. 'Ja, die ook.'

'Wat had je geschreven?'

'Een paar zinnen maar: *Lieve Abel, dit is een bericht van je zoon
David. Je was een goede vader.*'

'Heeft hij al iets aan je laten merken?'

Daaf knikte. 'Hij was bij me in de Zwarte Molen. Ik voelde zijn
kracht in mijn armen. Zonder hem had ik het niet gedurfd. Ik denk
dat hij er altijd al was, maar dat ik het niet merkte.'

'Hij kan trots op je zijn', zei ik.

'Waarom?'

'Omdat jij een held bent, met *wiekelwakke vlindervleugels*', zei ik.

'Maar je moet me één ding beloven.'

'Wat?'

'Dat je niet zonder mij naar de zon probeert te vliegen.'

Daaf lachte. Dat was een goed antwoord.

Ik vertelde over Aram en over Zsófi. 'Ze hebben haar in de oorlog vermoord', zei ik. 'Aram was twaalf en Zsófi elf. Ze is verbrand.' We zwegen. Daaf keek op het gouden horloge. 'Zullen we gaan slapen? Morgenochtend moeten we fit zijn voor Aram.'

'Ja', zei ik. 'Dat is zo.'

'Ga jij in de hangmat of ik?'

Ik haalde mijn schouders op.

'Is het moeilijk om te vrijen?' had ik een paar maanden eerder aan Meike gevraagd.

Ze lachte. 'Als het goed is, gaat het vanzelf. Wie kan knuffelen, kan ook vrijen.'

'En neuken?'

'Als je eraan toe bent, gebeurt het.' En toen had Meike nog een heleboel gezegd, maar die dingen had ze mij al zo vaak verteld.

'Ik ben bang dat ik er nog niet aan toe ben', zei Daaf.

'Waaraan?' vroeg ik. Ik kon mijn tong wel afbijten, want het woord waaraan ik dacht, wilde ik helemaal niet horen.

'Aan beminnen', zei Daaf. Het klonk zo lief dat ik hem wilde knuffelen en dat deed ik ook. Meike had gelijk. Als je kunt knuffelen, kun je ook vrijen.

Het nachtlampje was nog aan. Daaf ging rechtop zitten en wreef achter zijn oor. Hij lachte naar me. Zijn haar zat in de war en er glinsterde een beetje spuug bij zijn mondhoek.

'Weet je wat Aram tegen me zei in het ziekenhuis?' vroeg hij.

Ik zweeg.

'*Jij hebt de sleutel, David. Bevrijd ons.* Snap jij wat hij bedoelde?'

Ik schudde van nee.

'En hij zei nog iets: *Altijd Romeo, altijd Julia. Schenk haar je hele hart.*'

Ik deed het licht uit en kroop tegen Daaf aan. Hij had de Vuurdraak verslagen. Voor het eerst was ik niet bang in het donker.

⊰❀ drie ❀⊱

*waarin ik een boodschap van Aram vind, twee bruiloften én
een knokpartij meemaak en Zsófi leer kennen...*

's Nachts werd ik wakker. Ik luisterde even naar Daafs ademhaling.
Hij sliep. Ik dacht aan wat Aram in het ziekenhuis tegen hem had
gezegd: *Jij hebt de sleutel, David. Bevrijd ons.* Wat bedoelde hij
daarmee?

Aram had Daaf zijn gouden horloge gegeven. Opeens herinnerde
ik me dat hij mij ook iets had willen geven op de avond dat we
naar de Zwarte Molen vluchtten. Ik had er geen moment meer aan
gedacht. En Aram had er niets over gezegd. Het zat in zijn tas. Die
was in de boomhut. Ik dacht er even aan om Daaf te wekken, of
om tot morgen te wachten. Nee, dit moest ik alleen doen. Nu!

Voorzichtig stond ik op. In de verte rommelde de donder. Het
glasgordijn voor het open venster verborg als een sluier het gezicht
van de nacht. Ik kleedde me aan en sloop de kamer uit, de trap af
naar buiten. Door de donkere tuin liep ik naar de oude lindeboom.
Ik voelde het gras onder mijn blote voeten. De donder rommelde
opnieuw. Ik was niet bang. De linde zal me beschermen, dacht ik.

Ik klom naar boven en stak de olielamp aan. Arams tas lag op
mijn bed. Ik haalde er een witte lap uit en een smalle, leren koker.
De stof van de lap was grauw en dun en er zaten donkere vlekken
op.

Ik schoof de doek opzij. In de koker zat een opgerold stuk papier.
Het was volgekrabbeld met tekeningetjes. Was dit alles? Een vieze,
oude lap en wat tekeningetjes? De tas was verder leeg.

Wat had Aram ook alweer gezegd? Er hoorde een verhaal bij. Ik
keek naar de eerste tekening. Het was een mannetje zoals je ziet
op grottekeningen. Had Aram dat getekend? Was het een jongen of
een man? Ik zag ook een boom met een paar blaadjes aan de takken, alsof het lente werd. Was dit het verhaal? Ik concentreerde me
en las wat ik zag...

Mijn naam is Aram. Vorig jaar was ik een jongen van twaalf. Nu ben ik een man van dertien. Dit verhaal begint vorig jaar, in de lente van 1944.

Yes! dacht ik. Gehaast las ik verder.

Ik hou van het voorjaar. In de winter wonen wij in een huis in de stad. De rest van het jaar trekken we met onze huifkar door Hongarije. 'De lente is de boodschapper van de vrijheid', zegt mijn vader. Hij is boeien-koning op de kermis. Eigenlijk heet hij Danko, maar als artiest noemt hij zich Robin Hood. Dat klinkt spannender voor het publiek. Mijn moeder treedt op als waarzegster met tarotkaarten. Zij is de vrouw van Robin Hood. Ik ben hun zoon. En ons paard heet Little John. Zo heet de beste vriend van Robin.

Het is oorlog. Dat is het al jaren. Tot nu toe hebben wij er weinig van ge-merkt. Op 19 maart is het Duitse leger Hongarije binnengevallen. 'Voor ons zal er niet veel veranderen', zegt mijn vader.

Eerst gaan we naar het winterkamp van onze stam. Wij zijn Roma, zi-geuners. Een nicht van me gaat trouwen. Ik verheug me op het feest en op het weerzien met mijn familie.
Het is al donker als we het kamp binnenrijden. De houten woonwa-gens vormen een kring. In het midden staat een grote tent. Dat is de winterstalling voor de paarden. Op verschillende plekken in het kamp branden vuren. De rode gloed verlicht de wagens en het witte tentdoek. Ik ruik het lentebos en het vuur. Ik hoor de rivier stromen. Mijn vader geeft mij de teugels in handen.
Een hond blaft ons welkom. Een paar kinderen rennen ons tegemoet. Een van hen is mijn nichtje Mara. Ze roept mijn naam. Trots rijd ik verder. Overal klinken nu onze namen. 'Jamaro kher', zegt mijn vader. 'Thuis.'

Twee dagen later is de bruiloft. We staan in een halve kring bij de rivier. De bruid draagt een krans van bloemen op haar hoofd. Stiekem kijk ik naar een van de bruidsmeisjes. Ze is mooi. Ik ken haar niet.

De sjero rom* bindt de rechterhand van de bruid en de bruidegom met een zakdoek aan elkaar. 'Ik gooi de sleutel die jullie aan elkaar heeft geklonken in het water', zegt hij. 'Niemand zal hem ooit vinden.' Iedereen ziet hoe de onzichtbare sleutel met een boog in de rivier verdwijnt. We zwijgen en kijken naar het snelstromende water. 'Ik verklaar jullie tot man en vrouw', zegt de sjero rom.
De grootmoeder van de bruidegom geeft hem een schaar. De sjero rom knipt de zakdoek door. 'T'avel bachtali a terno haï terni!' zegt hij. 'De jonge man en de jonge vrouw zullen gelukkig zijn.'
De grootmoeder van de jongen pakt een aarden kruik. Ze heft hem hoog boven haar hoofd. Daarna slaat ze hem stuk op een zwerfkei. Ze telt de scherven. 'Drie-en-zestig jaar!' juicht ze. 'Drieënzestig jaar zullen zij samen zijn.'

Ik stopte met lezen. Mijn hersens rekenden zoals ze op school nog nooit hadden gerekend: negentienvierenveertig plus drieënzestig was 2007. Dat was nu! Had Aram het onzichtbare sleuteltje bedoeld dat door de sjero rom in de rivier was gegooid? Wat had dat met Daaf en mij te maken?

Het is donker. Er is eten. Er is drinken. Er is muziek. Er wordt gedanst. Er wordt gelachen. Ik kijk steeds naar het bruidsmeisje. Ze schittert als een ster in de nacht. Eén keer denk ik dat ze ook naar mij kijkt.

Er is een worstelwedstrijd. Twee jongemannen met ontbloot bovenlijf draaien om elkaar heen. Hun lijven en hun gezichten glimmen van de walnootolie. Opeens bukt een van de twee zich. Hij grijpt zijn tegenstander bij zijn benen en licht hem van de grond. Hij laat zich boven op hem vallen. De ander probeert zich los te worstelen. 'Eén, twee, drie!' telt de scheidsrechter.

---

* Sjero rom: gekozen leider van een zigeunerstam.

137

De worstelaars staan op. De winnaar steekt zijn armen omhoog. De mensen juichen en klappen. Ik kijk naar het meisje. Ze lacht naar mij. Ik zwaai naar haar.

'Pavél is pas dertien', zegt iemand. 'Maar hij vloert een volwassen man.'

'Vloeren?' lacht een ander. 'Hij breekt zijn nek.'

Ik kijk naar de jonge worstelaar. Zijn ogen staren mij woedend aan.

Het feest gaat verder. Er is eten. Er is drinken. Er is muziek. Er wordt gedanst. Er wordt gelachen. En ik kijk naar het meisje. Ik weet nu zeker dat zij ook naar mij kijkt. Zal ik naar haar toe durven gaan?

Het valt in de feestdrukte niet op als ik mezelf moed indrink. Ik neem een glas wisniak. En daarna nog twee. De rode drank stijgt naar mijn hoofd. Ik voel me zo licht dat het lijkt alsof ik naar het meisje toe zweef. 'Ik ben Aram', zeg ik. 'Ik ben verliefd op je. Maar ik durf het niet te zeggen. Daarom lijk ik nu een klein beetje dronken.'

Het meisje lacht. Van dichtbij is ze nog mooier. Haar ogen zijn zwart als de nacht. Haar hals is slank en wit als van een zwaan. Haar lippen zijn roder dan kersen.

Als ik de volgende ochtend wakker word, weet ik dat ik alles heb verpest. Het meisje heeft niet eens haar naam gezegd. Mijn hersens steken in mijn kop. Waarom schreeuwen ze zo? Ik kruip naar de achterkant van de wagen. Ik kijk naar buiten.

Ik zie mijn tante. Ze houdt een wit laken boven haar hoofd. De mensen om haar heen roepen en lachen. Er zitten bloedvlekken op het laken. Het is het bewijs dat mijn nicht als maagd is getrouwd. Ik kruip weer in de wagen. Ik schaam me. Het liefst zou ik in de huifkar blijven liggen tot we vertrekken.

Mijn moeder strijkt mijn haar van mijn voorhoofd. Ze zegt dat ik moet opstaan. Ik sta op en loop naar de rivier om me te wassen.

Bij de rivier is niemand. De zon schittert op het water. Ik trek mijn hemd uit. Ik voel de warmte van de zon op mijn lijf.

'Zo, daar ben je eindelijk, stadszigeunertje.'

Ik draai me om. Tegenover me staat Pavél, de nekkenbreker.

'Ik ben geen stadszigeuner', zeg ik. 'Ik ben een rom*, zoals jij.'

'Jij probeert mijn meisje te stelen', zegt Pavél.

'Ik wist niet dat ze van jou was.'

'Dan weet je het nu, gajo**.' Pavél spuugt op de grond.

Een paar jongens en meisjes zijn om ons heen komen staan. Pavél trekt zijn hemd uit. Ik kijk naar de grond om zijn gespierde armen en borstkas niet te hoeven zien.

'We vechten om haar', zegt Pavél. 'Wie op de grond blijft liggen, heeft verloren.'

'Vechten?' piept mijn stem.

'Vechten?' doet Pavél mij na. De andere jongens en meisjes lachen. Niemand zal mij helpen. Er is geen scheidsrechter. Ik sta er alleen voor. Ik laat mijn hemd op de grond vallen. Ik krom mijn rug en strek mijn armen. Ik zal mijn huid duur verkopen.

Pavél komt op mij af. Voor ik het besef, geeft hij mij een vuistslag in mijn gezicht. Ik tuimel achterover. Dit is geen worstelwedstrijd. Pavél wil me aftuigen. Ik kom overeind en neem een bokshouding aan.

'Nog meer, gajo?'

Ik proef bloed in mijn mond. Ik spuug het uit.

Opnieuw komt Pavél op mij af. Zijn armen zijn veel langer dan die van mij. Links en rechts krijg ik een oorvijg. Mijn hoofd zwiept heen en weer. Ik suizebol en beland op mijn achterste op de grond.

Ik weet dat ik niet van Pavél kan winnen. Maar ik moet hem één keer raken. Ik krabbel overeind en trek mijn hoofd tussen mijn schouders.

'Zien jullie dat?' roept Pavél. 'Na een paar tikken kan hij al niet meer op zijn benen staan.'

Nu, denk ik. Ik storm met mijn hoofd vooruit op mijn tegenstander af en beuk mijn hoofd in zijn maag. 'Oef!' hoor ik.

'Hij heeft de kampioen geraakt!' roepen de kinderen.

Pavél kijkt me verbaasd en woedend aan. Nu gaat hij mijn nek breken, denk ik.

---

* Rom: echte zigeuner.

** Gajo: iemand die geen zigeuner is. Voor zigeuners dus een erge belediging.

'Stoppen, jullie!' Het is het bruidsmeisje. Haar ogen schieten vuur. 'Durf jij wel tegen een kleintje!' roept ze.

'Zó klein ben ik niet', mompel ik. Mijn lip doet pijn.

'Hij heeft me uitgedaagd', zegt Pavél.

'Hij heeft jou uitgedaagd? Laat me niet lachen!'

Stoere Pavél wordt een kop kleiner.

'Wegwezen, jij! En jullie ook!' roept ze. 'Stelletje toekijkers!'

Pavél en de anderen druipen af.

'Laat me naar je lip kijken', zegt het meisje.

'Het is niets', weer ik af.

Ze knoopt haar witte hoofddoek los en houdt die tegen mijn kapotgeslagen lip. Het bloedt erger dan ik dacht. 'Je bent niet wijs om Pavél uit te dagen', zegt ze.

'Hij zei dat jij van hem was', zeg ik.

'Ik van hem?' roept het meisje. 'Dat had hij gedroomd. Ik ben van mezelf.'

'Dus jij bent zijn meisje niet?' roep ik verheugd. 'Au!' Want ze drukt haar hoofddoek hard op mijn bloedende lip. Opeens herinner ik me haar naam. Die heeft ze mij vannacht gezegd: Zsófi. Hoe kon ik die vergeten?

Zsófi is net als ik als bruiloftsgast in het kamp. Zij is familie van de bruidegom. Daarom heb ik haar nooit eerder gezien. Over een paar dagen zullen we allebei vertrekken. Ik naar het zuiden en Zsófi naar het noorden. Ik moet er niet aan denken.

Elk moment van de dag zijn we samen. Pavél houdt zich schuil. Omdat ik na het gevecht bleef bloeden, heeft Zsófi me haar hoofddoek mee naar huis gegeven. Ik draag hem bij me, als het allerheiligste relikwie van de Zwarte Madonna.

Op de dag voor ons vertrek vraag ik aan mijn vader of ik Little John mag lenen. Trots rijd ik op onze ongezadelde appelschimmel naar de wagen van Zsófi's ouders. Ik ben twaalf, maar ik voel mij veertien.

Het is als in een mooie droom. Het paard vliegt voort. Ik voel de lentewind in mijn gezicht en Zsófi's armen om mijn middel. Zij is mijn meisje.

We stijgen af. We zijn bij de rivier. De wei is gekleurd met rode klapro-
zen. We plukken ze en maken er een krans van.
'Wil je met me trouwen?' vraag ik.
'De sjero rom is er niet', lacht Zsófi.
'Die hebben wij niet nodig', zeg ik.
Ik haal de zorgvuldig opgevouwen hoofddoek met de bloedvlekken uit
mijn broekzak. Onze rechtererhanden binden we met de doek vast. Zsó-
fi geeft mij het onzichtbare sleuteltje. 'Had ik toevallig bij me', lacht ze.
'Goed', zeg ik. 'Ik gooi de sleutel die ons aan elkaar heeft geklonken in de
rivier. Niemand zal hem ooit vinden.' We zwijgen en kijken naar het
snelstromende, heldere water.
'Ik verklaar ons tot man en vrouw', zeg ik. 'T'avel bachtali a terno haü
terni! De jonge man en de jonge vrouw zullen gelukkig zijn. Ik wacht
even. 'Niet tien, niet honderd, maar duizend jaar.'

Dít was het sleuteltje dat Aram had bedoeld! Ik was bijna onderaan
het blad.

De dag erna vertrekken we. Ik wil Zsófi haar hoofddoek teruggeven.
Mijn moeder heeft hem gewassen, maar de bloedvlekken zijn er niet he-
lemaal uitgegaan.
'Jij moet hem bij je houden', zegt Zsófi. 'Dan zul je iedere dag aan me
denken. Je mag me nooit vergeten, Aram. Wat er ook gebeurt.'

Het weerlichtte in de boomhut, de donderslag volgde snel. Ik luisterde naar de wegrommelende donder. Een prins op een wit paard
had mij wakker gekust. Ik wist het. Ik voelde het. Ik was vroeger
Zsófi geweest! De tranen in mijn ogen en de inkt van de tekenin-
gen vloeiden in elkaar over.

Ik nam de doek in mijn handen en keek naar de donkere vlekken. Hij heeft hem al die jaren bewaard, dacht ik. De regen kletterde op het dak van de hut. Ik vouwde de doek om mijn hoofd en
knoopte hem vast. Met trillende handen draaide ik het blad om.

Het is opnieuw lente. Ik heb de oorlog overleefd. Als enige van onze stam.
Ik bezit enkel de kleren die ik draag, en de tas met het kapotte, gouden
horloge van mijn vader en de tarotkaarten van mijn moeder. En de
hoofddoek. De hoofddoek van Zsófi. Ook zij is verdwenen. Ik heb haar
overal gezocht. Ik heb haar niet gevonden. Nog niet...

Ik keer terug naar Jamaro kher – thuis. Mijn verlaten thuis, denk ik.
Ik ben alleen. Ik slaap in de open lucht, zodat ik de rivier hoor ruisen. Ik
kan niet tegen de leegte en de stilte in de wagens.
De lente is de boodschapper van de vrijheid, zei mijn vader. Laat het
nog één keer, één keer waar zijn.

Op een ochtend loop ik met de tas naar de rivier. Het is de plek waar
Zsófi mij haar hoofddoek gaf na het gevecht met Pavél. Ik haal de doek,
de ketting met het horloge en de tarotkaarten uit de tas. Ik spreid de
doek uit over het gras. Ik leg het horloge en de kaarten erop.
Ik pak het horloge. Ik houd het in mijn hand. Ik herinner me wat mijn
vader tegen mij zei op de dag dat hij werd vermoord: 'Ooit zal het van
jou zijn. Laat het nooit stilstaan.' De zon schittert op het goud. Ik kijk
naar de doodstille wijzers. Een witte vlinder fladdert voorbij. Zijn scha-
duw danst over de doek. Is hij een boodschapper?
Ik vouw de hoofddoek met het horloge en de kaarten zorgvuldig dicht.
Ik berg ze op in de tas. Ik hang de tas om.
Ik sta op. Ik voel de grond onder mijn voeten. Ik zet de eerste stap. En
dan nog een. En nog een. Ik loop het leven tegemoet. Ik kijk niet om. Op
een dag zal ik haar vinden.

Ik keek naar de laatste tekening van Arams verhaal, een sterke
vlinder met echte *wiekelwakke vleugels.*

zevenmaal, om die éne te groeten
die daar lachend te wachten zou staan.

142

'Lotti!' Daaf schudde aan mijn arm. De regen droop uit zijn haar op zijn blote schouders.

'Kom! Snel!' riep hij. 'Naar beneden. De bliksem.' Hij trok me mee en hielp me naar beneden. De regen sloeg in mijn gezicht. Een lichtflits schoot door de lucht, gevolgd door een donderslag.

'Ik was vroeger Zsófi, denk ik', zei ik. 'Nee, ik weet het zeker. Ik voel het. Vind je dat erg gek?'

Daaf keek mij aan. 'Ik vind het niet gekker dan een papiertje in een oude muur stoppen en geloven dat God of je vader het leest. Als je eenmaal ergens in gelooft, is verder alles logisch en heel gewoon. Vraag dat maar aan de Dalai Lama, die is dertien keer teruggekomen.'

'Dertien keer', zuchtte ik. 'Voor mij is die ene keer al meer dan genoeg.'

'Ik ben blij dat je het hebt gedaan', zei Daaf. We lachten. De donder en de bliksem joegen elkaar op door het hoge duister.

Uit het huis kwamen Meike en Joost aanrennen. Joosts witte badjas fladderde achter hem aan.

'Ze was in de hut!' riep Daaf.

'Goddank!' riep Joost. Meike deed een badlaken over mijn hoofd en drukte mij tegen zich aan. Ze rook lekker.

Je komt door het water
en gaat door het vuur

Een bliksemflits scheurde de hemel open. Bijna tegelijk klonk de enorme dreun van een blikseminslag. Daarna was het aardedonker. Ik keek omhoog. In de boomhut twinkelde het lichtje van de olielamp, als een oplichtende ster.

'Gezegende Bliksem heeft gesproken', zei ik.

Daaf knikte. 'Met de stem van Rollende Donder.'

Joost en Meike keken elkaar verbaasd aan.

'Kuifje', zei Daaf.

'Tuurlijk,' knikte Joost, 'in Tibet.'

143

'Kuifje in Tibet', zei Meike. 'Kan iemand mij in godsnaam vertellen wat er aan de hand is?'

Op dat moment ging de telefoon. Het was het ziekenhuis.

⤖ vier ⭙

waarin ik afscheid neem van Aram, een wolk zevenmaal om
de aarde zal gaan en Daaf en ik Aram terugzien...

We zaten met ons vieren om de eettafel in de keuken. Op de tafel stond de feestkandelaar met acht armen. Meike vertelde wat ze van het ziekenhuis had gehoord.

Kort voor de blikseminslag die heel Rivierenland in het donker zette, had de nachtzuster haar ronde langs de bedden gemaakt. Aram was wakker. Hij zat rechtop in bed. Hij was heel kalm en keek helder uit zijn ogen. 'Gelukkig en vrolijk zelfs,' volgens de zuster die Meike had gesproken, 'alsof hij zich ergens op verheugde.'

'Zeg tegen Lot dat het goed is', had hij gezegd.

Meike nam Joost mee de hal in. Vanuit de keuken zag ik ze in het donker fluisteren, voor de foto van Meike met mij in haar buik. Daarna kwamen ze weer naar binnen.

'Ik weet waar jullie het over hadden', zei ik.

'Aram was zeer ernstig ziek', begon Meike.

'Aan alles komt een eind', vulde Joost aan. 'Zo is het leven.'

'Jullie snappen het niet', riep ik. 'De dood is geen einde.'

Het bleef stil.

'Ik vind dat we Lotte moeten geloven', zei Daaf zacht. 'Zij weet meer van de dood dan wij.'

Joost en Meike knikten. Ze zijn de beste vader en moeder van Rivierenland.

Omdat Aram geen familie had, bereidden Joost, Meike, Daaf en ik in de volgende dagen de begrafenis voor. Die zou op het kerkhof achter ons huis zijn. Er kwam geen gedenksteen op het graf. In plaats daarvan zouden we een wilde kersenboom planten, als spéra dat Aram naar de hemel was.

'De muziek is heel belangrijk', zei ik. We zaten in de tuin alle vier met een glaasje kersenlikeur. 'Muziek', herhaalde ik. 'Dus géén liedjes. Zigeunermuziek.'

'Tata Miranda', knikte Joost. 'We kunnen de geluidsinstallatie van Romeo & Julia gebruiken.'

'Een van ons moet iets zeggen', zei Meike.

'Uit Romeo & Julia', stelde Daaf voor.

'Maar wat?' vroeg Meike.

'En wie?' vroeg Joost.

'Lotti?' zei Daaf.

'O, nee!' riep ik. 'Ik ben woordblind.'

'Je kunt de tekst dromen', zei Daaf.

Hij had gelijk. Maar ik wist niet of ik het durfde. 'Als jij ook iets zegt', zei ik tegen Joost.

'Graag', zei hij. Hij keek naar Meike. 'Ik houd het kort.'

De zon scheen en het was druk op het kerkhof. We stonden in een halve kring om het open graf. Iedereen die bij de voorstelling van Romeo & Julia was geweest, was ook naar de begrafenis gekomen. Zo had Aram toch een grote familie. Er was muziek, zoals het hoort bij een zigeunerfeest. En Daaf droeg Arams horloge met de gouden ketting. Het stond hem stoer.

'We doen alles in de openlucht', had Joost gezegd.

De muziek stopte. Het was mijn beurt. Ik stapte naar voren.

'Ik wens je een goede nacht', zei ik. 'Afscheid moeten nemen geeft zo'n verdriet, dat ik wel goedenacht zou willen zeggen tot de dageraad aanbreekt.'

Het waren de eeuwenoude woorden van Julia. Ik zei ze niet alleen als Lotte. Ik zei ze ook als Zsófi die van Aram had gehouden, zoals ik nu van Daaf hield.

De muziek viel in.

'Fántástísch', fluisterde Daaf toen ik weer naast hem stond.

Daarna sprak Joost. Hij hield woord. Hij zei één zin: '*Iedereen is van de wereld en de wereld is van iedereen*'. Dat bleef hij herhalen. Ik hoorde Meike de zin meezeggen en daarna Daaf en Mus en Ida en Maurits en Inkie en Klaas en Hajar en alle andere mensen op het kerkhof. *'Iedereen is van de wereld en de wereld is van iedereen'.* Ik hoorde mezelf de woorden uitspreken. We waren één groot, sterk koor. *'Iedereen is van de wereld en de wereld is van iedereen.'*

Joost zweeg en wij zwegen mee. De stilte zong.

Voor alle kinderen van alle tijden
Iedereen is van de wereld en de wereld is van iedereen
Voor alle zonen van alle tijden
Iedereen is van de wereld en de wereld is van iedereen
Voor alle dochters van alle tijden
Iedereen is van de wereld en de wereld is van iedereen

Voor alle moeders
Iedereen is van de wereld
Voor alle vaders
Iedereen is van de wereld

Voor alle grootvaders
De wereld is van iedereen
Voor alle grootmoeders
De wereld is van iedereen

Voor iedereen
Van iedereen

Het Lied van de Stilte was niet alleen voor Aram. Het was ook voor Abel. En voor Mus en Treurniet en Hajar. En voor Klaas. Het was voor alle mensen, de doden en de levenden, van overal en alle tijden. Het was voor iedereen. Het was zelfs voor Berend en Guido, al moet ik bekennen dat ik het Berend niet gunde. Ik ben de Dalai Lama niet.

In de hoge, hemelsblauwe lucht dreef een witte wolk, sterk genoeg om zevenmaal om de aarde te gaan. Ik dacht aan Aram en aan Zsófi.

Het is januari, bijna een halfjaar na de feestelijke begrafenis van Aram. Het is kerstvakantie. Het nieuwe jaar is een paar dagen oud, er hangt sneeuw in de lucht. Patrick heeft gelijk gekregen. Daaf en ik zijn een stelletje. We weten niet of het voor altijd is, maar we vertrouwen op elkaar.

Gisteren zijn Daaf en ik naar het graf van Aram geweest. Tot aan de kerstvakantie gingen we er iedere dag heen, maar je kunt de tijd niet stopzetten. Over een paar maanden zal de kersenboom voor de eerste maal witte bloesemblaadjes hebben. De lente is de boodschapper van de vrijheid. Aram kan zich verheugen op veel glaasjes wisníak.

Het begon zacht te sneeuwen. Opeens zag ik hem zitten op het uiterste puntje van een tak, tussen de neerdwarrelende vlokjes. Hij lachte en hij zwaaide. Er is niets om bang voor te zijn, dacht ik. De dood wist het leven niet uit. Hij is als een dun laagje sneeuw dat onze voetstappen bedekt. Dat zijn grote woorden, maar sommige dingen zijn groot. Wie dat niet snapt, is een flapdrol.

'Waarom lach je?' vroeg Daaf.

'Lach ik?'

'Ja.'

'Aram zit in de kersenboom.'

Daaf zei niets. We zwaaiden en lachten terug.

'Pak elkaars rechterhand vast', zei Aram. 'En kijk elkaar in de ogen.'

We deden wat onze sjero rom zei. Het was een plechtig moment.

'Altijd Romeo, altijd Julia. *T'avel bachtali a terni haliterni.*' We kusten elkaar. Toen we opkeken was Aram verdwenen.

Daaf sloeg zijn arm om mij heen. Samen keken we naar de spéra van de kersenboom. Zo bleven we een tijdje staan, in de neerdwarrelende sneeuw. We draaiden ons om en begonnen te lopen.

'Verstond je wat Aram zei?' vroeg ik.

'Natuurlijk.'

'Wat zei hij dan?' Ik wilde het Daaf graag horen zeggen.

Hij keek mij aan. De sneeuwvlokken bleven liggen op zijn donkere haar, witter dan verse sneeuw op de rug van een raaf. 'De mooiste, laatste zin van de wereld', zei hij. 'Ze leefden, nog lang en gelukkig.'

*

⟿ verantwoording ⟾

waarin de bronnen van de geciteerde vers- en liedregels, en de afbeeldingen die in het verhaal gebruikt worden voorkomen...

· blz. 11, 24-25, 28, 37, 40, 41, 45-47, 69, 100, 101, 121, 126-127 en 146
uit: william shakespeare / shakespeare's *romeo & julia*, verteld en bewerkt door michael rosen / christofoor 2003

· blz. 67, 100, 120, 149
spéra: geheime zigeunertekens

· blz. 16
uit: jan hanlo / *vogels* / verzamelde gedichten 1970

· blz. 20
uit: p.n. van eyck / *bede* / verzameld werk, amsterdam

· blz. 29, 89 en 142
uit: ida gerhardt / *de gestorvene* / verzamelde gedichten, amsterdam 1980

· blz. 30, 33 en 112
uit: paul van ostaijen / *polonaise* / verzameld werk/poëzie, den-haag-antwerpen 1963

· blz. 35-36
donatello / *david met het hoofd van goliath* / museo bargello, florence

- blz. 35
  uit: jan hanlo / *wij komen ter wereld* / verzamelde gedichten, 1970

- blz. 40 en 126
  uit: doc pomus en mort shuman / *save the last dance for me* /

- blz. 41 en 127
  uit: jack bulterman / *dans nog eenmaal met mij* /

- blz. 59, 85, en 143
  uit: jules deelder / *voor ari* /

- blz. 71 en 99
  traditioneel romaliedje

- blz. 78
  uit: john laing en david wire / *encyclopedie van tekens en symbolen* / atrium 1993

- blz. 130-131
  botticelli / *de geboorte van venus* / galleria degli uffizi, florence

- blz. 136
  Het leven van de Roma in Oost-Europa in het tweede kwart van de twintigste eeuw, heb ik leren kennen uit de romans *Berookte beelden* van Menyhért Lakatos en *Toen de violen zwegen* van Alexander Ramati.

- blz. 147
  uit: the scene / *iedereen is van de wereld* /

DEZE AL GELEZEN?

Giai weet niet waar hij vandaan komt. Arturo Salgari, de herbergier van het Huis van de Lente, vond het jongetje op een witte wintermorgen in een zak aan een tak van de kersenboom. Giai weet dat hij anders is dan zijn broers en zusje, maar hij voelt zich thuis in de herberg. Tot op een dag een vreemde reiziger binnenstapt.

De gast zat aan een hoektafel, met zijn gezicht naar de deur. Zijn bontmantel was zwart, net als de grote verenhoed op zijn hoofd. De man draaide zich om. Ze keken elkaar lang aan, geen van beiden zei iets. Onwillekeurig stapte Giai achteruit. Hij is voor mij gekomen, dacht hij, maar waarom?

Javidan, de geheimzinnige Kraaienman, neemt Giai mee op een lange reis door Italië. Een gevaarlijke tocht, want ze worden op de hielen gezeten door de Wolvenruiters.

Bert Kouwenberg trekt met Giai en Javidan rond in het Toscane van de Renaissance. Een sfeervol avontuur vol intrigerende personages en mysterieuze gebeurtenissen. Over liefde en vertrouwen, het verschil tussen goed en kwaad en ontdekken wie je bent.

Vanaf 11 jaar

Ze stonden tegenover elkaar in de sneeuw, allebei met een bamboestok in hun hand. Kodo voelde zijn hart trillen, als een rijpe kastanje in zijn bolster.
'Sla mij met die stok', zei zijn vader, 'zo hard je kunt.'
'Als ik u raak, gaan we dan daarna met de zwaarden vechten?'
'Probeer het eerst met die stok.'

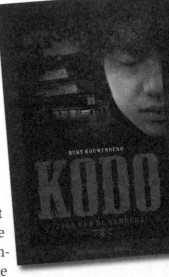

Samen met zijn vader woont Kodo in het veerhuis aan de brede rivier. In de verte rijst de Foedji op, de Eeuwige Berg. Achter het veerhuis begint het geheimzinnige cederbos. Kodo oefent elke dag verbeten met zijn zwaard, want er dreigt gevaar. De ninja liggen op de loer in het cederbos. Met Volle Maan zullen ze aanvallen. Maar waarom? En wie heeft hen gestuurd?

BERT KOUWENBERG laat de magie van de Japanse samoerai herleven in een spannend en mysterieus verhaal. Over liefde die de dood overstijgt, over de kracht van verhalen en over vertrouwen in jezelf en anderen.

Vanaf 11 jaar